アナイス・ニンのパリ、ニューヨーク

旅した、恋した、書いた

矢口裕子

水声社

目次

Paris

01	ヌイイ	004
02	ベルギー イクル	006
03	シュルシェール通りのアパルトマン	008
04	サン＝セヴラン教会	010
05	ソルボンヌ大学	012
06	スシェ大通りのアパルトマン	014
07	プランタン	016
08	オシップ・ザッキンの家	018
09	パリ国際大学都市	020
10	モンスーリ公園	022
11	ルヴシエンヌ	024
12	ル・ドーム	030
13	アメリカン・エクスプレス	032
14	ル・セレクト	034
15	ラ・ロトンド	036
16	オテル・サントラル	038
17	クリシーのアパルトマン	040
18	ヴィラ・スーラのアパルトマン	042
19	ラ・クーポール	044
20	ルーヴル美術館	046
21	カフェ・ド・フロール	048
22	レ・ドゥ・マゴ	050
23	ルネ・アランディのオフィス兼自宅	052
24	オットー・ランクのオフィス兼自宅	054
25	パッシー河岸のアパルトマン	056
26	ステュディオ28	058
27	シェイクスピア・アンド・カンパニー	060
28	オベリスク・プレス	062
29	カッシーニ通りのアパルトマン	064

New York

01	キューガーデンズ	066
02	ニューヨーク公共図書館	068
03	西72丁目，西80丁目，西75丁目のアパート	070
04	ワドレイ・ハイスクール	072
05	コロンビア大学	074
06	セントラルパーク	076
07	サヴォイ・ボールルーム	078
08	ヘンリー・ミラーの家	080
09	パッチン・プレイス	082
10	ゴサム・ブック・マート	084
11	ワシントン・スクウェア	086
12	西13丁目のアパート	088
13	マクドゥガル・アレー	090
14	第一ジーモア・プレス	092
15	第二ジーモア・プレス	094
16	ホワイト・ホース・タヴァーン	096
17	ブルックリン美術館	098

地図　100
あとがき　103

Paris *no.01*

ヌイイ

> 1920年11月9日
> さて、マドモワゼル・リノットが生まれたのは、ヌイイはアンリオン・ベルティエ通りに立つ白い石造りのアパートの一室、1903年2月21日は午後8時のことだった。〔……〕かわいそうな父は、母によれば、ひどくがっかりしたらしい。男の子がほしかったのだ。泣き虫で癇の強い女の赤ちゃんなんていらなかった。男の子だったら、泣いたりしなかったろうに。幸い母は（母によれば）、最高にしあわせだったという。〔……〕かわいそうに、父はわたしの手を見て、ニン家のピアニストが現れたと思った。まさかその手がおおかたの時間ペンを握ることになろうとは、予想だにしなかった。………………『アナイス・ニンの日記』28-29頁

　「リノット」とはアナイス・ニンの子ども時代の愛称で、「小鳥」を意味するフランス語だ。"tête de linotte" と言えば、「うっかり者」の意味になる。アナイス・ニンには『小鳥たち（Little Birds）』と題されたエロティックな物語集（エロティカ）もある。

　アナイスが生まれたパリ郊外の街ヌイイは、隣接するパリ16区同様の高級住宅地である。こういう場所に居を構えられたということは、外国人の音楽家として、父ホアキンはそれなりの成功を収めていたということだろう。もっとも、上の引用の直前でアナイスは、両親が新婚1年目をカルチェ・ラタンで過ごしたこと、あの街の雰囲気と環境が彼女の運命──詩人として

生きる運命を形づくったのだ、と書いている。つまり、母が自分を身籠もったのは「詩人と狂人が棲まうパリの世界」であり、だから「わたしは生まれながらの詩人なのだ」と。17歳のマドモワゼル・リノットの、早熟な作家意識に驚かされる。

　猥雑なエネルギーに満ちた芸術家の街から、郊外の高級住宅地へ──父にとってそれは一方向的な移動ないし上昇を意味し、少なくともそのように望んだのかもしれないが、娘はこのふたつの世界のあいだを、生涯往還し続けたように思える。

住所 ≫≫ 7 rue du Général Henrion Bertier, Neuilly
最寄り駅 ≫≫ 地下鉄①：Pont de Neuilly

Paris no.02
ベルギー イクル

　イクルは，ベルギーのブリュッセルからバスで20-30分行ったところにある，閑静な住宅地だ。アナイスはそこでドイツ人学校に通いながら，7年生から10年生までの時を過ごした。父はスペイン系の男らしく暴君としてふるまい，子どもたちを打擲し，夫婦喧嘩も絶えなかった。あるとき猛烈な言い争いが始まり，父が母を殺してしまうのではないかと怖れたアナイスが身を投げ出して泣き叫ぶと，両親も思わず黙り込んだという。父のお仕置きを逃れるためには，「有能な女優」として，眼に涙をいっぱいに溜めて，「どうかお願いですからやめてください」と懇願したともいう。アナイスの幼年期の記憶は，父の性格と言動が引き起こす緊張や不和，暴力の気配が濃厚だ。病気でやつれた娘に「醜くなったな」と言って傷つけた逸話もくり返し語られるが，右に挙げた回想では，脊髄カリエスと誤診された娘を献身的

1920年11月9日

ブリュッセル。ホアキンが生まれてからの記憶は，ブリュッセルはイクル，ボー・セジュール通りの，瀟洒な家に住んでいたころに飛んでしまう。4階建ての家の造りは細部に至るまで鮮明に憶えているが，いい思い出はひとつもない。この地で，父の性格がはっきりしてきたのだ。父の主な生活の場は，書斎かピアノのそばだった。書斎には天井まで本がびっしり並び，大きな重量感のある机が窓際に陣どっていた。父が出かけるとこっそり忍び込んでは，何が書いてあるかもわからない本を読んだものだ。梯子のてっぺんに座って本を読みながら，見つかるのではないかと思って震えていた。父は書斎からピアノのある居間に移動すると，わたしが思い出せる限り前からそうしていたように，何時間でも弾き続けた。……『アナイス・ニンの日記』32頁

に看病する姿も描かれている。父母の友人たちが家を音楽でいっぱいに満たし，楽しいクリスマスを何度も過ごした，とも。成功した音楽家の父と，表面的には，ないしある限定的な局面においては幸福な家庭生活，だがそれはきわめてもろくはかないものと，誰もが気づいている。娘の療養のため，家族はフランス南西部のアルカションで冬を越すが，その地から演奏旅行に出かけた父は，二度と戻ることがなかった。

住所 >>> 74 Avenue Beau-Séjour, Uccle, Belgium
最寄り駅 >>> Bus Line 38: Montjoie

007

Paris no.03
シュルシェール通りのアパルトマン

> 1924年12月24日
> パリは初めわたしの耳に，カーニヴァルのトランペットのような音で飛び込んできた。タクシーの音だという。それから灰色（グレイ）の建物と，道ゆく人のうらぶれた感じ。
> 「でもパリって陰気だわ！」わたしは叫んだ。
> 「いいや，パリは年輪を重ねているんだよ」とヒューが訂正する。彼は2度目の訪問なのだ。 ………『アナイス・ニンの日記』73頁

　ファースト・ナショナル・バンク（現在のシティ・バンク）に勤める夫ヒュー・ガイラーの転勤にともない，アナイス・ニンが生国であるフランスにやってきたのは，1924年12月24日，21歳のクリスマス・イヴのことだった。フランスで生まれたとはいえ，音楽家である父の演奏旅行についてヨーロッパを転々とする幼年期を過ごし，両親の離別後，11歳でアメリカへ渡ったアナイスにとって，フランスは母国というより異国に近いものだった。これを意外に思う読者もいるかもしれない。アナイスは「フランス生まれの」と形容されることが多いし，書店で彼女の本がフランス文学の

コーナーに置かれていることもある。フランス語訛りを終生手放さなかった彼女自身，いわばフランス性を装うきらいがあった（ダレルをデュレルと発音する音源を聞いたときは驚いた。が，鈴を転がしたような，という表現がぴったりの声に，フランス式の"r"音はいかにも似つかわしい）。

　パリでガイラー夫妻が最初に腰を落ち着けたのは，モンパルナス墓地の裏手に位置するアパルトマンだった。ここで4年を過ごすうち，初めパリを「陰気」と言い，パリジャンを「汚らわしい」と呪詛したヤング・アメリカン・ワイフが，やがてふたつの人格に分裂し，自堕落で奇矯な片割れを，想

Paris 008

「シモーヌ・ド・ボーヴォワール（1908-1986）。『第二の性』の著者，作家，哲学者。1955年から1986年までこの家に住んだ」と書かれたプレートは，2018年の訪問時には取り外されていた。

像力に呪われた「イマジー」と名づけることになる。

　女性性をめぐるアナイス・ニンの概念はわたしを激昂させた，と書いたボーヴォワールがその後このアパルトマンの住人となったのは，奇妙な偶然か，歴史のいたずらだろうか。だが，「女として書く」というアナイスの言葉は，エクリチュールの臨界点としてドゥルーズの言う「女性への生成変化」，「ジェンダーはつねに『おこなうこと』である」というバトラー，そし

て「人は女に生まれない，人は女になるのだ」というボーヴォワールその人の知見を補助線として読み直すとき，むしろ書くことによって女に$\overset{..}{な}\overset{..}{る}$，その生成と言語化のプロセスを生きようとする決意表明の響きを帯びる。

住所 ≫ 11 bis rue Victor Schoelcher 75014 Paris
　＊郵便番号下二桁は区（アロンディスマン）を表す
最寄り駅 ≫ 地下鉄④⑥ : Danfert Rochereau/Raspail

Paris no.04
サン゠セヴラン教会

1925年12月13日

今朝はとても楽しかった。こごえそうな寒さのなか，セーヌ河べりの古本屋[ブキニスト]をめぐり，ユージーンに贈る稀少本を探して歩いた。日曜日，わたしたちはたいていそんなふうにして過ごす。その文学的な儀式の前に，より神聖なる宗教的儀式をすませるのが常だけれど。というのも，サン゠セヴラン教会を見つけてから，教会に行くのが楽しみになったのだ。ダンテも祈りを捧げた教会だ。それから昨日，リチャード・Mとホレスへのクリスマスプレゼントを探して，バック通りをヒューと行ったり来たりしたのも楽しかった。夜は，クリスマスカードを書いて過ごした。そうしながらも，去年のニューヨークでのことが走馬燈のように脳裏を駆けめぐった〔……〕パリってどんなにすばらしいでしょう，と期待に胸を膨らませたこと。1年が過ぎたけれど，考えをまとめるにはもう少し時間が必要だ。それに結局のところ，この最初の1年は，パリにもう1度なじむので精一杯だった。来年こそ大事な年になるだろう。だから，意識を最高に研ぎ澄ませていたい。

The Early Diary of Anaïs Nin, vol. 3, pp. 168-69.

クリスマスはキリスト教徒にとって，キリストの生誕を祝う最も神聖な祭典であり，家族が集い贈り物を交わしあう，最も家庭的な祝日でもある。父が家を出て，母とふたりの弟とアメリカへ渡った11歳のアナイスは，「わたしにはクリスマスプレゼントをもらう資格なんてありません」と日記に綴り，聖餐式ではキリストでなく父が，部屋の形をした心を訪ねてくることを夢想し

た。それでも，13歳の誕生日に父を連れてきてほしいという願いが叶えられず，信仰を棄てたのだと，精神分析医ルネ・アランディに打ち明けている。

後半生のパートナー，ルパート・ポール曰く「ピューリタン的なカトリック少女」だったアナイスが，ヘンリー・ミラーをして「彼女ほど無神論的な人間には会ったことがない」と言わしめるまでのあいだに，あるいはその両極の

あわいに，彼女の人生の秘密が隠されているにちがいない。

　サン=ジェルマン=デ=プレにあるサン=セヴラン教会はパリ最古の教会のひとつで，オルガンコンサートでも名高い。

住所 >>> 3 rue des Prêtres Saint-Séverin 75005 Paris
最寄り駅 >>> 地下鉄④: St. Michhel;
RER（高速郊外鉄道）B, C: St. Michel/Notre-Dame

Paris no.05
ソルボンヌ大学

> 1926年4月11日
> ソルボンヌに行く。そこに響く声は深く厳（おごそ）かで，学者らしく，かつエレガントだ。その声の響きに加えて，非の打ちどころのない知性，非の打ちどころのないスタイルが，知性と叡智を約束する。〔……〕フランスの街をそぞろ歩くと，カフェがあるかと思うと本屋があり，本屋の隣にカフェが現れる。河べりをそぞろ歩いても，そこかしこに〈文学〉がある。
> 『アナイス・ニンの日記』77頁

　若きアメリカからやってきたアナイス・ニンを怖れさせたソルボンヌ大学は，13世紀，聖職者ロベール・ド・ソルボンが貧しい神学生のために建てた寮を起源とする。神学部廃止後は理学部と文学部を指してソルボンヌと呼んだが，19世紀にパリ大学として改編され，さらに1968年の五月革命／学生反乱を機に解体，13から成るパリ大学へと再編された。大学の正式名称にソルボンヌを冠するのは第一，第三，第四大学だが，アナイスが訪れたのは，文学・人文学を専門とし，ソルボンヌの代名詞ともいえる第四大学だろう。1933年の日記には，「演劇とペスト」と題してアルトーがソルボンヌで行った講演，それが観客にまったく理解されず悲惨な結果に終わったこと，その後アルトーとアナイスがカフェ，クーポールで語りあうさまが描かれる。

　かつてはソルボンヌの構内に誰でも入れたようだが，現在は9月第三土・日曜（ヨーロッパ文化遺産の日）に一般公開されるのを除き，学生証の提示が求められる。周囲にはアナイスの言う通りカフェや本屋が多く，散歩していたら「あ，タニザキがある……」とつぶやく（おそらくは）女子学生の声が聞こえてきたこともある（谷崎といえば，ヘンリー・ミラーはカンヌ映画祭の審査員として市川崑監督の『鍵』を推し，アナイスにも観るよう勧めている）。

　五月革命から半世紀を経た2018年4月，ポスト68年世代初の大統領，マクロンの大学入学改革に反対した学生たちがソルボンヌを占拠した，とのニュースが飛び込んできた。

住所 ≫≫ 1 rue Victor Cousin 75005 Paris
最寄り駅 ≫≫ 地下鉄④ : St. Michel;
　　　　　　⑩ : Cluny/La Sorbonne

Paris no.06
スシェ大通りのアパルトマン

1929.年1月18日
　このところ午前中は，新しい家探しに費やしている。こういう仕事は苦にならない。ひとつひとつの部屋をどんなふうにしつらえようか，どんな家具を入れようかと，あれこれ思案するのも楽しい。今夜5時，スシェ大通り47番地のステュディオ・アパルトマンの契約書に，ヒューがサインすることになっている。
…. *The Early Diary of Anaïs Nin,* vol.4, p.154.

　4年間暮らした14区のシュルシェール通りを出て，ガイラー夫妻が次に居を構えたのは，閑静な住宅が建ち並ぶ16区のスシェ大通りだった。アナイスはこのアパルトマンを「現代的なオリエント・スタイル」にしつらえて室内装飾家としての才能を発揮し，友人たちに内装を頼まれるほどだったという。このあと引っ越すことになるルヴシエンヌの家も，最初は廃屋同然だったのを，噴水を修理し，ひとつひとつの部屋にちがう色のペンキを塗って蘇らせたのだから，彼女の美意識は家庭生活においても発揮されていたことになる。わたしは人生と芸術を分けない，というみずからの信条をまさに生きていたのだ。
　一方このころの心理状態については，「スシェ大通りに住んでいたこ

ろ，わたしの世界があれほどさびしく空虚だったころ〔……〕記憶。スシェでの生活。色彩の爆発とダンス，同時に，魂と感覚の枯渇」（『インセスト』）と書いている。

　ヘンリーとジューン，アルトー，精神分析医のアランディやランクと出逢う前の時期については，「冬眠していた」とか「生きていないも同然だった」とも述懐する。みずからしつらえたエキゾチックな美しい部屋に住み，スパニッシュ・ダンスを習う華やかなプチブル生活は，この若妻の魂を死に至らしめるほど蝕んでいたということか。

住所 >>> 47 Boulevard Suchet 75016 Paris
最寄り駅 >>> 地下鉄⑨ : Ranelagh

Paris no.07
プランタン

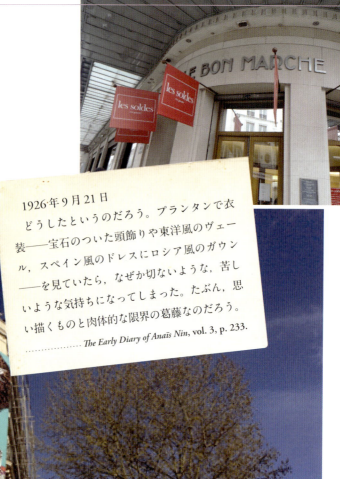

1926年9月21日
どうしたというのだろう。プランタンで衣装——宝石のついた頭飾りや東洋風のヴェール、スペイン風のドレスにロシア風のガウン——を見ていたら、なぜか切ないような、苦しいような気持ちになってしまった。たぶん、思い描くものと肉体的な限界の葛藤なのだろう。

The Early Diary of Anaïs Nin, vol. 3, p. 233.

　高校を中退し、20歳で銀行家の妻となったアナイスは、60歳を過ぎて『日記』第一巻が出版され、作家として認められるようになるまで、職業と呼べるものをもったことはない。例外的事例のひとつと思えるのは、10代後半にニューヨークで売れっ子の美術モデルだったという経験である。これについては「オークションで売られる家具みたいな気分になるが、実はアーティストを観察しているのはわたしなのだ」と、ローラ・マルヴィのフェミニズム映画理論を半世紀以上も先んじる言葉を残している。もうひとつが、

Paris　016

結婚してパリに渡ってからスペイン舞踊を習い、一緒にツアーに出ないかと師匠に誘われたが、体力的な限界のため断念したというものだ。また、マヤ・デレンやケネス・アンガー、イアン・ヒューゴー名義で撮った夫の映画に出演したアナイスは、女優／パフォーマーであったともいえる。一方、「紙とインクがなければわたしは存在しないに等しい」という強靭な作家意識を、報われぬままに、少女時代から晩年に至るまでもちつづけたのも驚くべきことではある。

プランタンは、世界初の百貨店であるボン・マルシェ、ギャラリー・ラファイエットと並ぶ、パリ三大デパートのひとつだ。アナイスの夫が勤めるファースト・ナショナル・バンクはプランタンの向かいにあったが、いまはラファイエットに吸収されている。

住所 >>> 64 Boulevard Haussmann 75009 Paris
最寄り駅 >>> 地下鉄③⑨ : Havre Caumartin; RER A: Auber; RER E: Haussmann/St.Lazare

017

Paris *no.08*
オシップ・ザッキンの家

1933年2月
　木彫家のザッキンに会った。アサス通りのアパルトマンの裏手にあるご自宅を訪ねた。中庭を挟んで小さい家がふたつ。そのうちのひとつに彼とロシア人の妻が住み，もうひとつの家に彫刻が置いてある。その数があんまり多いので，森のように見える。まるで，家のなかに樹がたくさん生い茂ったから，人体や顔や動物を彫って彫刻の森にしました，とでもいうみたい。いろいろな質感の樹が使われていて，木目もそのまま，色あいや重さもさまざまだから，彫刻のなかに樹がたくさん残っているような気がする。

The Diary of Anaïs Nin, vol. 1, p. 178.

　ロシア生まれの彫刻家，オシップ・ザッキンは19歳でパリに渡り，第二次世界大戦中の数年を除き，パリで活動を続けた。『日記』第一巻ではほかに，ヘンリーの妻ジューンがザッキンに惚れられて彫刻をもらったという話，第五巻では，50年代にパリを再訪した際，ザッキンから聞いた逸話が綴られている。第二次世界大戦中，ユダヤ系のザッキンがパリを逃れニューヨークで過ごすあいだ，2体の女性像は蔦や花で頭まですっぽり覆われ，隠れてしまったとか。ザッキンは彼女たちに眼をやると，「ね，死のなかにさえ美が宿るんだよ」とかなしげに語ったという。

　アナイスが訪れたザッキンの家は，いまはザッキン美術館として一般に公開されている。

住所 >>> 100 rue d'Assas 75006 Paris
最寄り駅 >>> 地下鉄④ : Vavin;
　　RER B: Port Royal

Paris no.09
パリ国際大学都市

スイス館

> 1934年6月
> パリの門を一歩出た大通りに面していて，新しくモダンなパリ，大学都市，清潔で白くて，キュービスト的。
> 心理学センターに行きたくはなかったけれど，ランクに行きますと言ってしまったから，彼のために行くことにした。
> 陽ざしを浴びて中に入っていくと，ギリシャ的な気分に浸された——哲学の香り漂うなか，からだがいきいきと大きく花開いていくよう。……… *The Diary of Anaïs Nin*, vol.1, p. 325.

　パリの南端に位置する国際大学都市の創立は，1925年のことに遡る。それは，第一次世界大戦を経たフランスで，世界中から集う学生たちに生活と研究の場を提供し，国際交流と世界平和に貢献するという理想に基づく，壮大な実験として始まったのだった。東京ドームが七つ入るという広大な敷地に，日本館を含む40カ国の寮（メゾン），図書館，食堂，劇場，郵便局，銀行に屋内プールまで備え，まさに国際都市の様相を呈している。敷地内の建物の多くはパリ大学が所有し，組織運営上もパリ大学と関係が深い。

　19世紀半ば，パリ全域を取り囲むように築かれたティエールの城壁の一部を切り崩し，国際大学都市は作られた（いまも敷地内には，城壁を貫いていた門のひとつ，アルクイユ門の一部と，稜堡（りょうほ）の石が遺構として残る）。パリというヨーロッパ有数の都市の境界線上に，外国人の集合体としての国際大学都市が作られたことは，きわめて象徴的と思える。2020年をめどに，新たに10のメゾンを作る再開発の途上にある国際大学都市は，百周年を見据え，境界領域のさらなる拡大を目論んでいるようだ。

稜堡の石（82番）

アルクイユ門

ウジェーヌ・アジェ撮影（1899年）

　アナイス・ニンはここでオットー・ランクの講義を受け，精神分析を学んだ。ジョルダン大通りを挟んでモンスーリ公園に接し，ヘンリー・ミラーが暮したヴィラ・スーラへも歩いていける。

　わたしが滞在したスイス館は，2016年に作品が世界遺産に登録されたル・コルビュジェの設計によるもので，申し込めば見学もできる。（ニンにちなんで名づけられた）アナイスという女子学生と知りあったのだが，ついに写真を撮り損ねてしまった。

住所 >>> 17 Boulevard Jourdan 75014 Paris
最寄り駅 >>> RER B: Cité Universitaire

Paris *no. 10*
モンスーリ公園

1935 年 6 月
オペラ座からモンスーリ公園まで歩いてみて，パリが永遠という時のために作られたことがわかった。
The Diary of Anaïs Nin, vol. 2, p. 46.

1937 年 秋
ラリー〔ロレンス・ダレル〕とふたり，モンスーリ公園を歩き回った。彼は「日記」について「『北回帰線』より怖ろしい」と言った。「ランクの教えが崩れ去るさまも信じがたい。きみは粉々にされることを望むダイヤモンドみたいだ。誰もが切り刻もうとするけど，ダイヤモンドは傷つかないんだ」
The Diary of Anaïs Nin, vol. 2, p. 256.

　高速郊外鉄道（RER）B 線の大学都市駅をおりると，眼の前に大学都市の正門が見えるが，ジョルダン大通りを渡らず左手に行くと，モンスーリ公園がある。なかには湖や丘，かつて使われていたというトンネルの跡もあり，街なかの公園とはまたちがう，野趣に富んだ雰囲気が味わえる。15 ヘクタールもあるから，歩き回るにはうってつけだ。週末になると老若男女で溢れかえるのは，パリではいずこの公園も同じ。

　アナイス・ニンは『日記』第七巻で若き日のヘンリー・ミラーについて，1 日中歩き回っても疲れを知らない人だった，と書いているが，パリ中心部のオペラ座からパリ南端のモンスーリ公園まで歩くとは，当時の彼女もかなりの健脚家だったようだ。

住所 >>> 2 rue Gazan 75014 Paris
最寄り駅 >>> RER B: Cité Universitaire

Paris no.11
ルヴシエンヌ

魂の実験室を訪ねて
アナイス・ニンのルヴシエンヌへの旅

1931-1932年　冬

　ルヴシエンヌは、ボヴァリー夫人が生き、そして死んだ村に似ている。古びて、現代の生活に触れることもなければ、影響を蒙ることもない。セーヌを見おろす高台にあって、晴れた夜にはパリが見える。古い教会の聳える足もとに、小さな家が軒を連ねる石畳の路、大きい地所と領主館がいくつか、村外れには城がある。かつてデュ・バリー夫人〔1746-93。ルイ十五世の愛妾。王の死後ルヴシエンヌに住んだ〕のものだった土地も。革命が起きて、彼女の愛人は断頭台の露と消え、その首は蔦の絡まる塀を越えて、彼女の庭に放り込まれたという。そこはいま、コティの所有地になっている。〔……〕
　窓から大きな緑の鉄門を眺めていると、何か牢獄の門のように思えてくる。筋違いな感情だ。だってそうしたければ、いつでもここから出ていけることはわかっている。人間はとかく物や人が障害になるといって責任を押しつけるけれど、障害はつねに自己の内側にあるということも、わかっているのだから。
　わかってはいても、わたしはよく窓辺に立ち、大きな閉じた鉄の門を眺める。そんなふうにじっと見つめていたら、満ちて開かれた人生を阻む、わが内なる障害が映し出されるとでもいうように。〔……〕
　でも、人間用の小さい門に蔦の絡まる様子は、走る子どもの額にくしゃくしゃの前髪がかかっているような、どこかけだるく、いたずらっぽい雰囲気がある。いつも半分開いているような雰囲気が。

　　　　　　　　　　　『アナイス・ニンの日記』127頁

2014年8月31日

　サン・ラザール*¹から列車に乗り，ルヴシエンヌに降りたつ。アナイス・ニンも幾度この駅*²のホームに立ち，パリとのあいだを行き来したのだろう。

　ルヴシエンヌの歴史は，驚くほど陰影に富んでいる。ルイ十五世の寵愛を受けたデュ・バリー夫人が暮らした城*³をはじめ，17-18世紀に建てられたいくつもの城*⁴があり，歴代の王の狩り場だった森が広がり，ルノワール，シスレー，ピサロらが画題としたことでも知られる。デュ・バリー夫人の城は『アナイス・ニンの日記』第一巻には，「いまはコティの所有地」であると書かれているが，1990年代には，エンパイアステートビルの買収等で（悪）名高い横井英樹の娘夫婦が買いあげて荒廃させ，大きな社会問題になったという。いまは修復され，その一部は「マダム・デュ・バリー音楽館」として公開されている。かと思えば，ブリジット・バルドーが娘時代に休暇を過ごしたという白い瀟洒な木造家屋*⁵も残っている。ある時期までは別荘地として栄えたようだが，いまは郊外の閑静な住宅地という佇まいだ。

　駅からほどない所にある，かつてアナイスが暮らした家*⁶は，噴水があり，ささやかな小川が流れ……という日記の記述を思い描いていくと（小川の話は姉の創作だ，という弟の証言があるようだが），あるいは近くに点在する文字通りのお城やお屋敷と比べると，思いのほか慎ましい印象

*1

*2

*3

*4

Paris 026

を受ける。実際，銀行家の夫の転勤でパリにいたアナイスがルヴシエンヌに移ったのは，経済的な事情によるものだったのだから，それは決して不思議なことではない（思えば，アナイスが後半生の半分を過ごしたロサンジェルスはシルヴァー・レイクの家——フランク・ロイド・ライトの孫，エリック・ライトの手になる美しい家にしても，「豪邸」という類のものではなかった）。

＊5

赤茶色の外壁は，ポール・ヘロンの『アナイス・ニン・ブログ』（http://anaisninblog.skybluepress.com）によれば，何代か前の所有者が塗り替えたもので，ポールの友人は「ひどい色」だと言ったという。「どんなに油を差してもキーキーと軋む音が和らぐことはない」「牢獄の門のよう」だとアナイスが書いた門は，淡い緑に塗られていて，これももしかしたら，アナイスが見た色とは違っているかもしれない。ただ，「蔦の絡まる様子」が「走る子どもの額にくしゃくしゃの前髪がかかっているよう」だと書かれた，人間用の小さい門[*7]は，おそらく当時のままの姿でそこにある。

＊6

戸口に「アナイス・ニン（1903-1977）。アメリカの女性作家。1931年から35年までここで暮らした」というプレートが掲げられている。いまはインターネットもあり，ブリット・アレナンダーによる『アナイス・ニンの失われた世界——言葉と写真でたどるパリ　1924-39』のようなガイドブックもあるので，アナイスの足

＊7

跡をたどる旅は，わたしのような方向音痴にも比較的易しくできる。『失われた世界』には，アナイスがパリで暮らしたアパルトマンもいくつか紹介されているが，なかにはボーヴォワールやレジスタンスのリーダーが暮らしていた，とプレートの掲げられた建物もある。だが，アナイス・ニンの名が刻まれているのは，ルヴシエンヌの家をおいてほかにない。

閉じた門の向こうには，車が止められている。出窓の木格子が開いた所はあるが，窓自体はどうやらどこも閉まっている。人の気配もない。たまたま通りかかった人に訊くと，誰か住んでいるとは思うが，会ったことはない，こういう所はみんなそうだから，という。訪れたのは8月最後の日曜日だったから，もしかするとヴァカンスで不在だったのかもしれない。全部で11ある窓の中央に，シンメトリーのためだけに作られた鎧戸があり，その閉じた扉の向こうに，存在しない謎めいた部屋をアナイスは夢想したという。だが窓の数を確認することは，視界を遮られていてできない。閉じた門の隙間から中を覗き見るさまはさながら（というかまさに）窃視者のそれであり，もうひとりの近隣住民から胡散臭そうなまなざしを向けられた[*8]。

アナイスもまた，犬の散歩に出るとカーテンを上げてじろじろ見る老婆の存在を報告し，頻繁にパリに出かける娘を不機嫌に窓から見下ろす母の姿を証言している。「ボヴァリー夫人が生き，そして

*8

*9

Paris 028

死んだ村に似ている」ルヴシエンヌで, 1930年代の数年を生きたアナイスは,「ボヴァリー夫人ではないから, わたしは毒をあおったりはしない」と宣言してエンマ・ボヴァリーを生きのびる。彼女はまた, 自分を「めざめさせてくれたロレンスに感謝の気持ちを込めて」ロレンス論を書くことで, ケイト・ショパン『めざめ』の女性主人公エドナ・ポンテリエをも生きのびた。さらに, 郊外に住む抑圧された主婦であったみずからを女性-作家として再創造した彼女は, 第二波フェミニズムの契機となったベティ・フリーダン『女らしさの神話』(1963年) を30年先駆けていたともいえる。「美しい牢獄」を「魂の実験室」に変え,「かつて誰も語らなかったこと」(エリカ・ジョング) を書きつけた彼女の物語は, 比類ない自伝文学として記録され, 人々の胸に記憶されている。

　日記に書かれた高台の「小さな教会[*9]」は, いまも変わらずそこにある。パリでは教会に足を踏み入れると, 平日でも何人かの人が椅子に腰を下ろし, あるいはバイブルに眼を落とし, あるいは眼を閉じ, あるいは聖像に語りかける姿を見かけるが, 日曜日の聖マルタン教会に人影はなかった。デュ・バリー夫人の愛人の首が放り込まれたという長い城壁に沿って, シスレーが描いたみごとな並木道[*10・11]を抜けると, 一気に視界が開け, セーヌ越しにパリが一望できた。

＊10

＊11　シスレー「ルヴシエンヌの道」(1873年)

＊『早稲田文学』2015年秋号に寄稿したものの一部を加筆修正した。

住所 >>> 2 bis rue de Montbuisson, Louveciennes
最寄り駅 >>> SNCF（フランス国有鉄道）L: Louveciennes

Paris no.12
ル・ドーム

　モンパルナスのヴァヴァン交差点には，4店の老舗カフェ──ドーム，ロトンド，セレクト，クーポール──が群居している。なかでもドームは創業が1989年と最も古い。「ドミエール」と呼ばれた常連客のリストには，コクトー，ピカソ，パウンド，ヘミングウェイ，藤田嗣治と，きら星のごとき名前が並ぶ。パリ大学留学中の岡本太郎が，のちに深い影響を受けることになるバタイユと出逢ったのも，この店だったという。無名時代のアナイスとヘンリー・ミラー，それにふたりの出逢いのきっかけを作ったオズボーン

1931-34年　冬

リチャード・オズボーンは弁護士だ。D・H・ロレンス論の版権のことで相談する必要があった。彼はボヘミアンと大企業の顧問弁護士の両方をやろうとしている。ポケットにお金を入れて事務所を抜け出しては、モンパルナスに行くのが好きだ。誰彼なしに食事や酒をおごる。酔うと、これから書く小説の話をする。ろくに眠らず、翌朝スーツに染みや皺をつけたまま出勤することも珍しくない。そうしたディテールから注意を逸らそうとするように、いつにも増して饒舌かつ能弁に話しては、聞き手に口を挟んだり返事をしたりする隙を与えない。だからみんな「リチャードは客をなくすぞ。話しだしたら止まらないんだから」と言っている。彼のふるまい方は、まるで観衆を見おろすことができない空中ブランコ乗りのようだ。下を見たら落ちてしまう。落ちるとしたら、弁護士事務所とモンパルナスのあいだのどこかだろう。どこに行けば彼が見つかるのか、誰も知らない。自分のふたつの顔を、誰にも見せようとしないのだから。事務所にいるべきときに知らない女と知らないホテルで眠っているかと思えば、友人たちがカフェ・ドームで待っているときは、事務所に残って働いていたりする。

　　　　　　　　　　　　　　　　　　　　『アナイス・ニンの日記』131頁

も、どこかでこうした面々と交差していたかもしれない。かつて文無しの芸術家（の卵）たちが集ったカフェも、いまは魚料理が有名な、ミシュランの星をひとつ掲げる高級店に変貌している。とはいえ、エスプレッソやカフェ・クレームなら1杯数ユーロで何時間でも粘れるのは、パリのカフェならでは。

住所 >>> 108 Boulevard du Montparnasse 75014 Paris
最寄り駅 >>> 地下鉄④：Vavin

031

Paris *no.13*
アメリカン・エクスプレス

1931年12月30日
　次の日、アメリカン・エクスプレスで彼女［ジューン］に会った。わたしが好きだと言ったテイラードスーツを着ていた。わたしからほしいものといって、わたしがつけていた香水とワイン色のハンカチーフくらいしかないと、彼女は言っていた。でもサンダルを買わせてくれると言ったでしょう、とわたしは思い出させた。
　まず、彼女をトイレに連れていった。バッグを開け、薄い黒のストッキングを取り出す。「はいて」と懇願するように、謝るようにわたしは言った。彼女は従った。その間にわたしは香水の瓶を開けた。「少しつけて」
　［……］
　ほかにどう言えばいいかわからなくて、シートに座ったふたりのあいだに、彼女がほしがったワイン色のハンカチーフと珊瑚のイヤリング、トルコ石の指輪を置いた。ジューンの信じがたい謙遜を前に、わたしは彼女の足もとに血を捧げたかった。　　　　　　　　　　『アナイス・ニンの日記』164-65頁

　オペラ座にほど近いアメリカン・エクスプレスは、かつてパリのアメリカ人が郵便物を受けとり、小切手やトラベラーズ・チェックを現金に換え、ホテルの予約まで行う、郵便局と銀行と旅行会社を兼ね備えた役割を果たしていた。金と情報と人が行き交う交差路のようなもの、といってもいい。

　夫ヘンリー・ミラーをパリでの文学修行に送り出し、自分はニューヨークにとどまっていたジューンが、ふらりとパリに現れる。この運命の女 [フアム・ファタール] をめぐって、すでに幾晩もヘンリーと議論を重ねてきたアナイスは、彼女と出逢うなり恋に落ちる。それはおたがいがおたがいになることに焦がれる、同一化の欲望によって生まれた

Paris　032

愛だった。

　上の写真を撮ったのは2014年だが、18年の春に訪れたときも、スクリブ通りのビルにアメリカン・エクスプレスの名は刻まれていた。だが、(ユニクロも店を構えるそのビルの) 両替所の男性に訊くと、アメリカン・エクスプレスは3年前に閉鎖されたという。ネットの情報では、

理由はセキュリティ上の問題とも、負債資産救済プログラムのためともされ、真相はわからない。18年の夏に訪れると、アメリカン・エクスプレスに代わり、「スイス・ツーリズム」の名がビルに掲げられていた。

住所　>>> 11 rue Scribe 75009 Paris
最寄り駅　>>> 地下鉄③⑨：Havre-Caumartin; ③⑦⑧：Opera

Paris no.14
ル・セレクト

1935年8月
カフェ・セレクトにて。

[……]

ブラッサイはいつもカメラをかかえている。眼が飛び出しているのはレンズを見つめすぎたから、とでもいうみたい。観察しているふうではないのだが、その眼はひとたびある人物や物を捉えると、催眠術にかかったように夢中になってしまうのだ。

―― The Diary of Anaïs Nin, vol. 2, pp.54-55.

　モンパルナス大通りでクーポールの向かいにあるカフェ・セレクトは、ヘミングウェイの『日はまた昇る』にも頻出するし、ゴダールの『勝手にしやがれ』では、ジャン=ポール・ベルモンド演じる主人公が友人を探しにいく場面で使われている。クーポールもそうだが、庇やメニューに「アメリカン・バー」「バル・アメリケン」の文字が刻まれている。パリのカフェは、サルトルやボーヴォワールをはじめフランスのインテリが集う場であっただけでなく、海を越えてやってくる芸術家（の卵）が切磋琢磨しあう場でもあった。一方、アルフレッド・ペルレスの『我が友ヘンリー・ミラー』を読むと、バスからぞろぞろ降りてくるアメリカ人観光客、色気ゼロの娼婦、モロッコ人やハンガリー人の物売りも跋扈する、俗っぽさやいかがわしさも充満した空間であったことがわかる。

Paris 034

　ブラッサイはアナイスやヘンリーと親しく、それぞれの写真も撮っているし、回想録『作家の誕生　ヘンリー・ミラー』では、ジューンを含めた三角関係についても活写し、ふたりの女性の感情にはヘンリーを挟んでの嫉妬もあったろうし、プラトニックなものを越えてどこまで親密になったかは知る由もないが、アナイスが「気が狂ったかのようにジューンを愛してしまった」こと、ふたりがナイトクラブで唇を重ねて踊っていたこと、少なくともいっとき、ふたりがヘンリーに対して女同士の同盟を結んでいたことは確かだと、洞察に満ちた言葉を残している。観察しているふうではないのに人を捉える眼をもった写真家、というアナイスの観察もまた、確かだったようだ。

住所　>>> 99 Boulevard du Montparnasse
　　　　　 75014 Paris
最寄り駅　>>> 地下鉄④：Vavin

1932年3月

昨日、カフェ・ド・ラ・ロトンドでのこと。わたし宛に書いた手紙をヘンリーは破ってしまったという。「クレージーな手紙だったからな、ラブレターだ」

わたしは驚かなかった。平静だった。予感があった。ふたりのあいだには熱っぽい雰囲気があったから。でも心の奥でわたしは固くなっている。この男が怖い。わたしが怖くて仕方のない現実というものに、彼を通して直面させられてしまいそうだ。…『ヘンリー＆ジューン』78-79頁

アナイス・ニンがヘンリー・ミラーと出逢ったのは、1931年11月末、共通の友人であるリチャード・オズボーンに連れられて、ヘンリーがルヴシエンヌの家にやってきたときのことだ。アナイスは『私のD・H・ロレンス論』を書きあげたところで、ヘンリーは『北回帰線』を執筆中。アナイスにとって「怖くて仕方のない現実」とは、いまの自分が生きていないも同然だということ、銀行家の妻として郊外に暮らすこの生は死であるということだ。人間として作家としての揺籃期に出逢ったふたりは、たがいがたがいの触媒の役割を果たし、それぞれの生を次なる局面へ押しあげていった。

1903年創業、モンパルナス大通りのカフェのなかでも、赤い庇がひときわ眼をひくロトンドは、上階のアパルトマンでボーヴォワールが生まれたことでも知られる。カフェ・クレーム1杯で何時間も粘る芸術家たちを追い出すことはまかりならぬと、オーナーは厳命を出したのだという。「仮にセーヌの右岸でタクシーを拾ったとする。で、モンパルナスのどのカフェの名前を運転手に告げようと、きまってこのロトンドにつれてこられてしまうはずだ」とは『日はまた昇る』の言葉。

住所 >>> 105 Boulevard du Montparnasse Paris 75006
最寄り駅 >>> 地下鉄④：Vavin

Paris *no.16*
オテル・サントラル

［ルヴシエンヌ］
［1932年3月9日］
［ヘンリー］
　昨日，あなたに火をつけるつもりはありませんでした
――夢のなかのように，横になっていた――そうして溶
けて，あなたが高まっていくのも耳に入らなかった――
あの瞬間を少しでも長びかせようと，わたしはしがみつ
いた。いま思い出すと，あなたに火をつけてしまったこ
とに，少し，胸の痛みを感じます――赦すと言ってくだ
さい――そうするつもりはなかったのです。
……………『恋した，書いた――アナイス・ニン／ヘンリー・ミラー往復書簡』
『水声通信』第31号, 56頁

　ルヴシエンヌでの出逢いから約3カ月，この手紙が書かれた前日に，当時ヘンリーが宿泊していたオテル・サントラルで，ふたりは初めて肉体関係をもった。「もっと荒々しいと思った？」とヘンリーは訊いたというのだが。

　アルフレッド・ペルレスによれば，このあたりにはパリで最も安い娼婦がたむろしていたという。モンパルナス・タワーがあり，ギャルリー・ラファイエットの支店があるいまも，下町っぽい雰囲気はまだかなり濃厚に残っている。ブルターニュ地方の出身者が営むクレープ屋さんが多いことでも知られる。

　いまも同じ場所で営業を続けているが，2017年に改装を終え，写真とは少し壁の色がちがう。だが，ヘンリーのお気に入りだったという小さな三角公園の景色は，当時とさほど変わらないだろう。

住所 >>> 1 bis rue du Maine 75014 Paris
最寄り駅 >>> 地下鉄④ : Montparnasse Bienvenue;
RER B: Gare Montparnasse

Paris no.17
クリシーのアパルトマン

> 1932年4月
> 彼らの新居のキッチンに、わたしたちは座っていた。フレッドは『シカゴ・トリビューン』で働いて、職人の町クリシーに、職人向けの小さなアパルトマンを借りたのだ〔……〕。引越祝いのようなものだ。ヘンリーはワインを開け、フレッドはサラダを作る。
> ……………… *The Diary of Anaïs Nin*, vol. 1, p. 62.

ヘンリー・ミラー『クリシーの静かな日々』の舞台となったパリ郊外のクリシーは、古くから労働者の町で、いまは移民も多い（ヘンリーお気に入りのカフェ、ウェルパーがあるのは、パリ市内のプラース・ド・クリシーという別の駅なので要注意）。1度座ってしまうと歩くスペースもないような狭い部屋で、壁も薄くて隣の物音が筒抜け、とアナイスの描写は続くが、少なくとも外から見る限りみすぼらしい感じはなく、むしろ立派な建物に見えた。フレッドことアルフレッド・ペルレスは、ヘンリーをホテルの部屋に潜り込ませもするし、『シカゴ・トリビューン』で校正の職も斡旋するよき友だが、アナイスの見方は「ヘンリーの道化」と手厳しい。もしかするとこの三人のあいだには微妙な「欲望の三角形」が存在したのかもしれない。ペルレスが『我が友ヘンリー・ミラー』を書いたときは、ヘンリーとの仲が公になることを怖れたアナイスとのあいだで騒動になり、ペルレスは書き直しを余儀なくされた。ヘンリー自身は、オテル・サントラルで別々に部屋をとるより安上がりだからと、友と暮らしたクリシーの日々を「楽園での休息」と呼んだ。ヘンリーがこの町を選んだのは、経済的な理由のほかにも、敬愛するセリーヌがここで『夜の果てへの旅』を書き、無料診療所の医師として働いていたからではないか、という説もある。

住所 >>> 4 Avenue Anatole France, Clichy
最寄り駅 >>> 地下鉄⑬ : Porte de Clichy

Paris 040

Paris no.18
ヴィラ・スーラのアパルトマン

右の引用に続けてアナイスは，クローゼットを掃除していたら，かつてそこに住んでいたアルトーの写真が出てきた，と書いている。ブラッサイの『作家の誕生　ヘンリー・ミラー』によれば，ダリやシャガールも住人だったことがあるというから，画家にちなんでつけられた径の名にふさわしく，アーティストに愛されしアパルトマンということだろう。わたしが訪ねたとき，建物から出てきた男性がいて，訊けばここに住む俳優で，「不可視の劇団」の創始者・演出家でもあるブルーノ・アブラーム・クレメール氏だった。これから芝居に出るから時間がないんだと，オートバイで走り去っていった氏は，ヘンリーがいた2階（日本式にいうと3階）の右側の部屋に住んでいるんだと，少し誇らしげに教えてくれた。

モンパルナスを擁する14区は，パリのなかでもボヘミアンな趣が強いが，わけてもこの秘密めいた袋小路〔クル・ド・サック〕は，ヘンリーやアルトーがいたころの雰囲気を色濃く残しているのではないか。グローバルに観光化・産業化が進むいま，パリの下町の路地裏にひっそりたたずむヴィラ・スーラは，21世紀の都市に残された秘境といってもいいかもしれない（そんな大げさな言い方はまるで似つかわしくないのだが）。

ヘンリーは1930年，友人のマイケル・フランケルが地上階（1階）の右側の部屋に住んでいたとき，転がり込んで『北回帰線』を書き始めた。4年後，アナイスが改めてヘンリーのために借りた部屋に引っ越しを済ませたその日，彼女の序文を付した『北回帰線』は出版された。

住所 >>> 18 Villa Seurat 75014 Paris
最寄り駅 >>> 地下鉄④：Alésia

1934年9月
ヘンリーとふたり、トンブ・イソワール通りを抜けて、配管屋と枕のクリーニング屋に向かおうとしている。ヘンリーはヴィラ・スーラの部屋に引っ越しをするのだ。みんなで手伝ってペンキを塗り、釘を打ち、絵を壁に掛け、掃除をする。部屋は広々として、天窓があるおかげで空間と高さが生れる。バルコニーの下に小さいクローゼット式のキッチンがあり、絵や何かの収納場所になっている。そこには梯子で登っていく。窓を開けると屋上にテラスがあり、隣の部屋のテラスとつながっている。寝室は入り口を入って右側、バスルームがついている。バルコニーはヴィラ・スーラに面している。樹々と、向かいの家並みのピンクや緑、黄や黄土(オークル)の小さい入り口が見える。……『アナイス・ニンの日記』318頁

Paris no.19
ラ・クーポール

「残酷演劇」の創始者にして体現者，ドライヤーの映画『裁かるるジャンヌ』の修道士，詩人，哲人，狂人……アントナン・アルトーをアナイスに引きあわせたのは，精神分析医ルネ・アランディだった，「あなたを見ていると，アントナン・アルトーを思い出す」と言って。魂の近親性を感じたふたりは強く魅かれあうが，アルトーにキスされると，死に，狂気に引きずり込まれていくようだった，とアナイスは日記に記す。短編「あるシュルレアリストの肖像（"Je suis le plus malade des surréalistes"）」の語り手は，アルトーがモデルとされる人物に「兄よ，兄よ，あなたを深く愛していま

す。でもどうか，わたしに触れないでください」と懇願する。アナイスがアルトーとは精神的な結びつきのみを求め，肉体的接触を回避したのは，ある意味で深い洞察に基づいていたといえる。だが，短い蜜月期にふたりでパリの街を彷徨う描写は，魂が肉体の外に出て自分たちを俯瞰しているような，ほとんど神秘体験というべき高揚感に満ちている。

クーポールは1927年創業，オープン初日のパーティーには三千人が招待され，一晩で二千本のシャンペンが開けられた，と伝説は伝える。アナイス・ニン，ヘンリー・ミラー，ロレンス・ダレルの三人は，パリの文学的亡命者として切磋琢磨しあう自分たちを「クーポールの三銃士」と呼びならわしたという。ちなみにクーポールとは「丸屋根の内側」を意味し，同じ通りに並ぶドーム（「丸屋根の外側」）と合わせ鏡のような命名が楽しい。

住所 >>> 102 Boulevard du Montparnasse 75014 Paris
最寄り駅 >>> 地下鉄④：Vavin

1933年6月

クーポールで、くちづけた。わたしは彼のために物語をこしらえ、わたしは人格が分裂しているから、人間的に愛し、同時に想像的に愛することはできないのだと言った。自己分裂の物語を誇張したのだ。「わたしはあなたのなかの詩人を愛しているの」この言葉は彼の心を打ち、プライドを傷つけずにすんだ。〔……〕「あなたほど、何かの精のような女性(ひと)は会ったことがない。なのにあなたは暖かい。あなたのすべてがぼくを怖れさせた。その大きな瞳、大すぎるほど大きな瞳、ありえないような瞳、およそありえないくらいに澄んで、透き通っている」………………

『アナイス・ニンの日記』269頁

045

Paris no.20
ルーヴル美術館

アルトーの手紙。

これまで，男女を問わず多くの人を連れて，あのすばらしい絵［「ロトとその娘」］を見にいきました。ですが，芸術への反応がひとつの存在を動かし，愛のように振動させるのを見たのは，初めてのことでした。あなたの感覚は震え，あなたのなかで肉体と魂が完全にひとつになっているのがわかりました。純粋に霊的な感動が，あなたのなかであれほどの嵐を巻き起こすとは。…『アナイス・ニンの日記』273頁

「ロトとその娘」は創世記の寓話にもとづく絵画で，複数の画家が画題としてきた。ここでアルトーが述べているルーヴル美術館所蔵のそれは，ルーカス・ファン・ライデンの作とされてきたが，ルーヴルの作品解説によれば作者不詳である。

創世記の寓話とは次のようなものだ。ヤハウェが頽廃の地ソドムを滅ぼすと天使に聞かされたロトは，妻とふたりの娘を連れ，ソドムから逃れる。が，後ろを振り返ってはならぬとの命を破った妻は，塩の柱になった。その後，ロトと娘たちは洞窟に籠もるが，自分たちの血が途絶えることを怖れた娘たちは，父に酒を飲ませて誘惑し，父の子を身籠もったという。

父娘の近親姦を描く『チェンチー族』を上演し，「ロトとその娘」を愛したアルトーは，インセストに憑かれた芸術家であり，その点でアナイスと感受性を共有していた（インセストが芸術家にとって重要となりうるのは，それが起源の問題と関わるからで，クリステヴァによれば，詩人とは近親姦するエディプスの謂である）。が，アナイスと父の関係を怪しんだアルトー

は、「汚らわしい」となじる。男たちは、女神や女性主人公(ヒロイン)には称揚するふるまいも、生身の女に対しては道徳的裁断を下すのだと、アルトーの二重基準を見抜いたアナイスは、この魂の兄のもとを去る。

住所 >>> Rue de Rivoli 75001 Paris
最寄り駅 >>> 地下鉄①⑦ : Palais Royal/ Musée du Louvre

作者不詳「ロトとその娘」(1517年)

Paris no.21
カフェ・ド・フロール

　1887年創業，サルトルが2階を書斎にしていたといわれ，サン=ジェルマン=デ=プレを代表するカフェとしてドゥ・マゴと並ぶカフェ・ド・フロールで，アナイスはハウスボートの新聞広告を見つけた。1936年には「異郷」(ナナンケピチュ)（南米ケチュア語で「家にあらず」の意），38年には「美しき夜明け」(ラ・ベル・オーロール)と名づけた船を借り，テュイルリー河岸につける（編集版の『日記』では，ふたつのハウスボートのエピソードが圧縮されている）。それはゴンザロとの逢いびきの閨(ねや)となり，彼が主導する政治集会の場となり，フランコを逃れてきたスペイン人たちの避難所ともなった。

　『ガラスの鐘の下で』所収の短編「ハウスボート」では，河の周辺で生きる浮浪者，乞食，娼婦，自殺者等「服従することを拒んだ者たち」が共

> 1940年4月
> カフェ・フロールで，新聞広告が眼に留まった——ハウスボート貸します。それが，物語の始まりだった。
> —— *The Diary of Anaïs Nin*, vol. 3, p. 29.

> 1936年9月26日
> わたしたちの寝室。タールの臭い。〔……〕キスして，笑って，驚き，キスして，笑って，驚く。ついに，世界の外へ。ついに，地上を離れ，パリもカフェもあとにし，友や夫や妻からも，街や家，ドームやヴィラ・スーラからも遠く離れて。わたしたちは，大地から水のなかへと歩んでいった。夢の船に乗って。ふたりきりで。
> —— *Fire: From "A Journal of Love": The Unexpurgated Diary of Anaïs Nin, 1934-37*, p. 308.

感的に描かれる。アナイスはニューヨークの女性精神分析医ボグナーに，「わたしにとって最も望ましい人生を思い浮かべると，それはパリのハウスボートで過ごしたボヘミアンの生活でした」と述べ，54年のパリ再訪時には，ラ・ベル・オーロールを探してヌイィまで足を延ばし，むなしく帰ってきた。もしかすると，アナイスにとってセーヌに浮かぶハウスボートは，大地／地球を離れ世界の外部に脱出するための装置，ミシシッピをゆくハックとジムの筏にも似た意味をもっていたのかもしれない。

住所 >>> 172 Boulevard Saint-Germain 75006 Paris
最寄り駅 >>> 地下鉄④：Saint-Germain-des-Prés

Paris no.22
レ・ドゥ・マゴ

　19世紀初頭にノヴェルティ・ショップとして出発したドゥ・マゴは，1885年にカフェに変わると，20世紀初頭にはヴェルレーヌやランボーが通い，のちには実存主義者，シュルレアリストを含む哲学者や芸術家たちに愛されてきた。ドゥ・マゴとは「ふたつの中国人形」の意味で，実際，店内では2体の陶器の人形が客を見守っている。

　マヤ・デレン『変形された時間での儀礼』（1946年）に続き，アナイスはアンガーの『快楽殿の創造』（1954年）に出演，光の女神アシュタルテを演じた。アンガーを含めて，アナイスの周りには若く才能あるゲイ男性が多くいて，彼女はまさに女神の役割を果たしていたようだ。矢川澄子がアナイスを「父の娘」と呼んだように，父（的なるもの）との関係はアナイス・ニンにとって生涯のテーマであった。一方，特に後半生は，父的なるものの権威性，硬直性を嫌い，彼女が「透明な子どもたち」と呼んだ心優しき男性を讃えるようになる。悪魔的・倒錯的な作風のアンガーを「透明な子ども」と呼ぶのはためらわれるかもしれない。だが，40年代に出逢ったときすでにアナイスの愛読者だったアンガーは，一週間分の稼ぎをつぎ込んで，彼女をロシア・レストランにエスコートしたという。まだ知る人ぞ知る作家だったアナイスに親和性を感じ

Paris 050

> 1960年 春
> ドゥ・マゴで、ケネス・アンガーと会った。マルキ・ド・サドの生涯を、フランスのソロンにある、リュスポリ王子の本当のお城で撮影しているのだとか。
> ……………… The Diary of Anaïs Nin, vol. 6, p. 231.

たのがアンガーなら、彼の初期短編『花火』を観て、サディズムと暴力性には恐怖を感じつつ、確かな芸術的才能を見抜いたのはアナイスだった。

　ドゥ・マゴのあるパリ6区は渋谷区と提携を結んでおり、その縁で世界唯一の支店が、文学賞とともに、日本に存在する。

住所 >>> 6 Place Saint-Germain-des-Prés 75006 Paris
最寄り駅 >>> 地下鉄④：Saint-Germain-des-Prés

Paris no.23
ルネ・アランディのオフィス兼自宅

> 1932年4月
> 今日初めて、アランディ博士の家の呼び鈴を鳴らした。メイドに案内され、暗い廊下から暗いサロンに入る。焦げ茶の壁、茶のヴェルヴェットの椅子、臙脂（えんじ）の絨毯に、静かな墓のように迎えられ、わたしは思わず身震いした。部屋は温室に面していて、そこからだけ光が射してくる。温室には熱帯植物が茂り、魚が泳ぐ小さい池をぐるりと囲んでいる。池の周りには玉砂利を敷いた小道が伸びる。緑の葉群れをくぐり抜けた木漏れ陽が、穏やかな緑を帯びた光となって注ぎ、まるで海底にいるようだった。意識下のさまざまな世界を探索するにあたり、ありふれた昼の陽をあとにするのは、ふさわしいことと思えた。……『アナイス・ニンの日記』196頁

　精神分析なるものをアナイスに最初に教えたのは、エドワルド・サンチェス、従弟であり淡い恋の相手でもあったが、彼がゲイだったこともあり、その恋が実を結ぶことはなかった。1928年5月の『日記』では、分析を受け始めたというエドワルドの告白に戸惑いを隠せない彼女だが、その4年後、29歳でルネ・アランディのもとを訪ねて以来、生涯精神分析を手放すことはなかった。

　アランディはマリー・ボナパルトらと並びフランス精神分析協会の創立者で、アルトーの分析医でもあった（アランディ夫妻はアルトーの演劇活動にも深く貢献している）。「自信のなさ」を図星で指摘され、アナイスはアランディを信頼するようになる。一方、自信がもてないのは女として未成熟だと思うから、胸もこんなに小さくて……と少女のような胸を見せて誘惑、と、たちまち支配的になろうとする医師を「単純な型に当てはめることしかできない人」とあざ笑う。

　作家をめざす若者には、恋をするか精神分析を受けることを勧めます、な

ぜなら，どちらも自分の創造性と向きあわせてくれるから，と語るアナイスにとって，精神分析は芸術家としても人間としても，日記同様なくてはならない装置であったはずだが，同時に，「ゲームの規則」など当然のごとく踏み外す様子は，想像力に身を捧げた「イマジー」の名にふさわしい。

アランディが自宅兼オフィスとして使った3階建ての建物は，わたしが訪ねた2014年当時，いくつかのテナントが入った貸しビルになり，なかにはまたしても精神分析医のオフィスとともに，日本人児童向けの進学教室も入っていた。

住所 >>> 67 rue de l'Assomption 75016 Paris

最寄り駅 >>> 地下鉄⑨ : Ranelagh

Paris no.24
オットー・ランクのオフィス兼自宅

> 1933年11月
> ある霧の深い午後，ランク博士に会いにいこう，と思いたった。彼の家にほど近い地下鉄の駅に，小さい公園があり，ベンチがいくつか置かれている。そのひとつに腰を下ろし，訪問の準備を整えた。豊かすぎる人生のなかから，彼の興味を引きそうなトピックを選ばなければ，と思った。彼の専門は「芸術家」なのだ。芸術家に興味がある。自分が書いたすべてのテーマを生き抜いてきた女に，興味をもってくれるだろうか。分身，幻想と現実，文学における近親相姦的な愛，創造と戯れ。あらゆる神話（多くの冒険や困難を経たのちの，父への帰還），あらゆる夢。わたしは彼の深遠な研究テーマのすべてを生きることに夢中で，その研究を理解し，精査する時間はなかった。混乱し，途方に暮れていた。わたしのすべての自己を生き抜こうとして……
> 『アナイス・ニンの日記』283頁

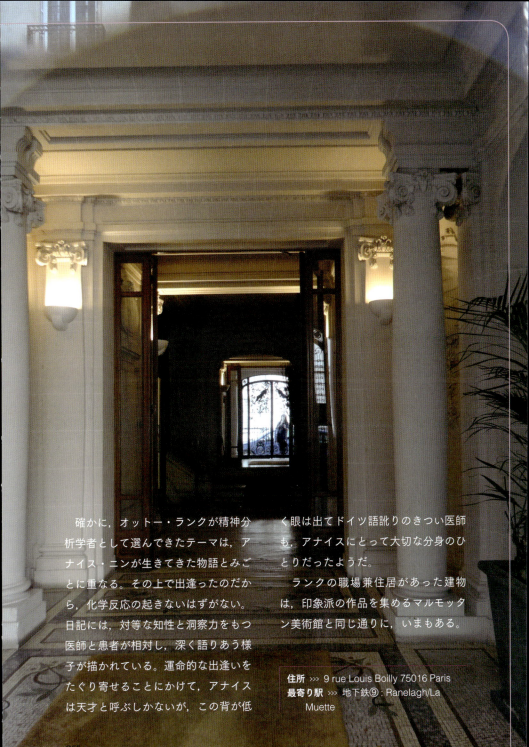

確かに，オットー・ランクが精神分析学者として選んできたテーマは，アナイス・ニンが生きてきた物語とみごとに重なる。その上で出逢ったのだから，化学反応の起きないはずがない。日記には，対等な知性と洞察力をもつ医師と患者が相対し，深く語りあう様子が描かれている。運命的な出逢いをたぐり寄せることにかけて，アナイスは天才と呼ぶしかないが，この背が低く眼は出てドイツ語訛りのきつい医師も，アナイスにとって大切な分身のひとりだったようだ。

ランクの職場兼住居があった建物は，印象派の作品を集めるマルモッタン美術館と同じ通りに，いまもある。

住所 >>> 9 rue Louis Boilly 75016 Paris
最寄り駅 >>> 地下鉄⑨：Ranelagh/La Muette

Paris *no. 25*
パッシー河岸の
アパルトマン

> **1936年8月**
> 　パッシー河岸は，パリの貴族的な界隈の端に位置している。近くの橋を渡ってわたしは左岸へ，ゴンザロの住むモンパルナスや，ヘンリーが暮らすダンフェール・ロシュローへ行く。人は地下鉄（メトロ）に乗り河を渡っては，また帰ってくる──貧しい者も，お金持ちも，1日中，ひきもきらず。
> .... *The Diary of Anaïs Nin*, vol. 2, p. 108.

　5年暮らしたルヴシエンヌを引き払い，ガイラー夫妻は再びパリに戻る。アナイスが「貴族的な界隈」と書いているのは比喩ではなくて，ドラ・トーザン『パリジェンヌのパリ20区散歩』によれば，パッシーがある16区の住民は，多くが貴族か上流ブルジョワだという。階級・階層により住む場所がちがうのは世界中どこにも見られる現象だが，確かにこのあたりを歩くと，ある同質の社会的階層があり，そこに属する人間たちがいることが，眼に見える形でわかる。パリ周辺の三つの高級住宅地を合わせて NAP（Neuilly/Auteuil/Passy）と呼ぶが，アナイスはヌイィで生まれているから，そのうちふたつと縁があったことになる。

　一方，セーヌに寄り添うパッシー河岸がパッシー地区の端に位置するというのも，興味深いことではある。中心の際（きわ），それは中心から外部へ向かう逃走線ともなるだろう。銀行家の妻として住む右岸のお屋敷町から，作家の卵

であるヘンリーや，まさに何者でもないペルー人青年ゴンザロのもとへアナイスを連れていったのは，右岸と左岸を繋ぎ，エッフェル塔を臨むビル・アケム橋だろう。夫が支配する上品な世界と恋人（たち）が住むボヘミア的な世界を，メトロに乗りセーヌを越えて往還する生活は，ルヴシエンヌ時代の反復ともいえる。

　パッシー河岸は現在プレジダン・ケネディ大通りへと名前を変えている。

住所　>>>　20 Avenue du Président Kennedy 75016 Paris（旧 30 Quai de Passy）
最寄り駅　>>>　地下鉄⑥ : Passy

Paris no.26
ステュディオ28

1941年 春
　彼［イサム・ノグチ］のスタジオに招かれて、作品を見せてもらった。ルイス・ブニュエルも来ていた。ぎょろっとした眼と顎のほくろに見憶えがある。ずいぶん昔、屋根裏のシネマテークの、寒いけれど大入り満員の部屋で、初めてシュルレアリスム映画を観たときの記憶が蘇った。〔……〕それは、商業映画館ではない実験映画のクラブとして、初めてのものだった。

The Diary of Anaïs Nin, vol. 3, p. 109.

Paris　058

コクトーのパートナー，ジャン・マレーの足形

　1928年オープン，内装をコクトーが担当し，実験・前衛映画の聖地として知られるステュディオ28は，いまもモンマルトルの丘で営業を続けている。『アメリ』のロケーションにも使われたし，アナイス・ニン・リヴァイヴァルのきっかけとなったフィリップ・カウフマンの映画『ヘンリー＆ジューン』にも登場する。

　アナイスが初めて観たシュルレアリスム映画とは，ブニュエルとダリの共同脚本，ブニュエル監督による『アンダルシアの犬』（1928年）だ（冒頭にブニュエルその人が登場する）。1934年2月の『日記』には「何ひとつ説明されず，言語化されることもない。路上にころがる腕。窓から身を乗り出す女。舗道で転倒する自転車。剃刀（レーザー）で切りとられる眼球。台詞はない。イメージだけが連なるサイレント・ムーヴィー，さながら夢のなかのよう」と記されている。

　映画をシュルレアリスムの最も成功した表現と考えるアナイスにとり，残酷さとユーモアがあざなわれ，網膜と神経と脳髄を強打する『アンダルシアの犬』は衝撃だったにちがいない。その2年後に書かれたアナイスのフィクション第一作『近親相姦の家』は，文学から映画への応答とも，「読むシュルレアリスム映画」ともいえる内容になっている。

　やはりブニュエルとダリによる『黄金時代』（1930年）公開時は，右翼による妨害から上映禁止に発展するなど，数々の伝説に彩られたステュディオ28は，しかし，実験映画の聖地というよりは下町の文芸座という風情だ。ムーラン・ルージュにほど近く，キャバレーを買いとって作られたという来歴が示すように，悪所としての映画館の魅力をいまも失っていないように思える。

住所 >>> 10 rue Tholozé 75018 Paris
最寄り駅 >>> 地下鉄② : Blanche

059

Paris no.27
シェイクスピア・アンド・カンパニー

シェイクスピア・アンド・カンパニーは、1919年，アメリカ人女性シルヴィア・ビーチがデュピュイトラン通り8番地に開いた英語書店である（のちオデオン通り12番地に移転）。英語圏で発売禁止処分を受けたジョイスの『ユリシーズ』（1922年）を出版し，文学史にその名を刻む。ビーチは回想録で，海（大西洋並びにドーヴァー海峡）の向こうに存在する表現への抑圧により利益を得ることになろうとは，予想だにしなかったと述べているが，英語文学の惑星的な歴史を考える上で，この小書店の果たした役割は大きい。

ビーチはオデオン通りの店を41年に閉め，62年に亡くなるが，その後この伝説的書店の名を継いだのが

ジョージ・ホイットマンである。もとは「ミストラル」という名だった本屋をセーヌ河沿いに開いたのは，アナイスの短編「ハウスボート」に憧れてのことだ，と語ったという。

わたしが1990年代に初めて訪れたとき，80代ながらまだ元気な店主は，日曜日のティー・パーティーに来ればいい，としきりに誘ってくれたものだった。並んで撮った写真をしばらく部屋に飾っていたのだが，引っ越しに紛れてなくしてしまったようだ。

父ジョージ亡きあと，（ビーチにちなんで名付けられた）娘のシルヴィアが引き継いだ書店は，ウッディ・アレンの映画『ミッドナイト・イン・パリ』の影響もあってか，以前にも増して賑わい，カフェも併設されて，きれいでおしゃれになった。かつてのうらぶれて薄汚れた雰囲気を好んだアナイスはさびしく思うだろうか。店の前で自撮りする中国人観光客の群れに，アルトーを怖れさせた大きな瞳を，いっそう丸くするだろうか。

アガサ・クリスティのコーナーにいたから「アギー」

住所 >>> 37 rue de la Bûcherie 75005 Paris
最寄り駅 >>> 地下鉄④：St. Michel

1954年　秋

　セーヌ河沿いの本屋は，かつて知っていた本屋と同じではないが，似た雰囲気がある。ユトリロが描いた家のように，土台もしっかりしておらず，小さな窓にがたのきた鎧戸，そして，ジョージ・ホイットマンがいる。栄養不足で髭面の，本に囲まれた聖人，本を貸し，2階に文無しの友人たちを泊め，本を売る気はあまりなく，店の奥の狭くて足の置き場もないような部屋に，机と小さいガスストーヴを置いている。

『アナイス・ニンの日記』460頁

右：ジョージ・ホイットマン
左：シルヴィア・ビーチ

Paris no.28
オベリスク・プレス

> 1939年10月17日
> わたしの美しい『人工の冬』，鮮やかな青服に身を包み，陰鬱で，サトゥルヌスに仕える古代エジプトの僧のよう，アトランティスの空に浮かぶオベリスクを表紙にいだくあの本は，戦争とカヘインの死により，息の根を止められてしまった。…… *Nearer the Moon: From "A Journal of Love": The Unexpurgated Diary of Anaïs Nin, 1937-39*, p. 370.

リッツ，バー・ヘミングウェイのヘッド・バーテンダー，コリン・フィールズ氏

　1930年代初頭，『北回帰線』出版の可能性を求めたヘンリー・ミラーは，「あの美しい，日本人のような面差しの友人，ミス・ニン」をともない，シェイクスピア・アンド・カンパニー書店を訪れたと，シルヴィア・ビーチの回想録に記されている。『北回帰線』は結局，ビーチに紹介されたオベリスク・プレスから34年に出版された。ヘンリーの『北回帰線』『黒い春』『南回帰線』はオベリスク・トリロジーと呼ばれ，ダレルの『黒い本』，ヘンリーの『マックスと白い食菌細胞』，アナイスの『人工の冬』はヴィラ・スーラ・シリーズと呼ばれる。シリーズの最後を飾る『人工の冬』が出版された直後，社主ジャック・カヘインは急死，第二次世界大戦が勃発，アナイスは手持ちの本をニューヨークのゴサム・ブック・マートに送り，慌ただしくパリを去る。アナイスが40年代にニューヨークで出版した『人工の冬』はパリ版と大きく異なり，オリジナルのパリ版が英語圏で出版されたのは2007年，70年近い時の経過を必要とした。長く埋もれ，数奇な運命をたどることになる第一小説集は，しかし，作家に愛され，

その死を悼まれていたことがわかる。
　リッツや世界的宝石ブランドがずらりと並ぶヴァンドーム広場に，英語圏での禁書を扱う海賊版本屋，オベリスク・プレスがあったとは，驚くべきことに思える。社主みずから筆名でものしたというソフトポルノの類がよほど売れたのだろうか。いまその場所を占めているのは，なんとコム・デ・ギャルソンのブティックである。

住所　>>>　16 Place Vendôme 75005 Paris
最寄り駅　>>>　地下鉄③⑦⑧：Opera

063

Paris no.29
カッシーニ通りのアパルトマン

　ニン／ガイラー夫妻がパリに到着したのが 1924 年 12 月のことだから, 15 年間フランスで暮らしたことになる。ハウスボートでの生活が最良の日々だった, とのちに語ったように, パリ時代がアナイスのなかでロマン化され続けたことは確かだ。作家はふたつの国をもつ, ひとつは自分が属する国, 第二の国は「ロマンチックであり, 自分からは独立していて, 現実的ではないが現実に存在している」と書いたのはガートルード・スタインだった。アナイス・ニンは「国をもたない女」を自称してもいるのだが, 彼女にとってフランスが「第二の国」であったことは間違いないだろう。そこを去るにあたり「ロマンチックな生活の終わり」を予感しながら, アナイスの人生はその後も数々のロマンスで彩られ, 彼女が愛する人であるのをやめることはなかったのだけれど。

　アナイスがパリ最後の日々を過ごしたアパルトマンは, モンパルナスのある 14 区はカッシーニ通りにある。20 世紀初頭に建てられたという建物の外壁には, 第二次世界大戦のレジスタンス運動のリーダー, ジャン・ムーランが住んでいた, とのプレートが掲げられている。

　20 世紀初頭からアポリネールらの詩人が集い, ヘミングウェイが「パリでも最上級のカフェのひとつ」と呼んだクロズリー・デ・リラも, 歩いていける距離にある。

住所 >>> 12 rue Cassini, 75006 Paris
最寄り駅 >>> 地下鉄④ : Raspail/Denfert Rochereau

1939年9月
　外国人はフランスの負担にならないよう，国外撤去を求められた。夫はアメリカへの帰国を命じられた。ニューヨークへ戻る時がやってきた。わたしひとりなら，残ってフランスと戦争をともにすることを選んだかもしれない。悲劇から逃れるのをよろこぶ気にはなれなかった。涙を流し，さようならを言い，悔いる間もなく荷造りに追われた。〔……〕
　わたしたちは皆知っていた，もう2度と見ることのない生活の形，もう2度と会えないかもしれない友に別れを告げるのだと。わたしは知っていた，これがわたしたちのロマンチックな生活の終わりであると。……………『アナイス・ニンの日記』355-56頁

New York no. 01
キューガーデンズ

1914年8月13日
大声で叫びたくなった。「キューガーデンズって，だーい好き！ おば様も，お花も，まわりの緑も，みんなステキ！ そして，この地上の楽園にわたしたちを連れてきてくださった神様って，ほんとに，すばらしい方！」
でも，ちょっと待って。わたしってだめな女の子だわ。考えてみてごらん。たとえ，ほんの一瞬でも，ここが地上の楽園だなんて，なぜ，思えたのかしら。〔……〕わたしの国でもない場所に，楽園なんか，あるはずはないんです。パパとは遠く離れてしまったのに，バルセロナと別れなければならなかった悲しみを，ずっと心にいだいているというのに。

『リノット──少女時代の日記』24-25頁

1914年7月25日，モンセラ号に乗ってバルセロナをあとにし，ニューヨークに着いたのが8月12日，まだ住む場所も定まらない母子四人は，2組に分かれ，母の妹たちの家に身を寄せる。リヴァーサイド・ドライヴの叔母の家にいたアナイスは，母と下の弟ホアキンのいるキューガーデンズを訪れた（うっかり屋さんのリノットはKew Gardens を Kiou Gardens と間違えて綴っている）。

キューガーデンズとはマンハッタンの東，クイーンズにある上位中産階級向けの住宅地だ。アナイスの母ローザは，成功したビジネスマンにして在キューバデンマーク領事を父にもつ，名家の出身である。母方の親戚がニューヨークに遊びにくると，泊まるのは高級ホテルのウォルドルフであり，アメリカに移住した者たちは富裕層の住む地域に居を構えた。

アナイスの少女時代の日記を読むと，実にしばしばキューガーデンズの叔母の家を訪ねている。マンハッタンの喧騒を離れ，花と緑に囲まれた地上の楽園のようなそこにいると，「わたしの国，フランスを思い出す」と書いてもいる。だが父の不在により，楽

園は失楽園とならざるをえない。生まれ育ったヨーロッパと父から切り離され、深淵のように広がる大西洋をアメリカに向かう船の上で、投函されない父への手紙として日記を書き始めた少女は、自分を「外国人」として認識する。異邦の女、アナイス・ニンの誕生である。

住所 >>> 82nd Avenue between Austin Street and Kew Gardens Road, Kew Gardens, NY
最寄り駅 >>> 地下鉄(サブウェイ) EF: Union Turnpike/Kew Gardens

067

New York *no. 02*
ニューヨーク公共図書館

> 1914年9月3日
> 街の中心のにぎやかなところに行った。すごく立派な
> お店が並んでいる。公共図書館にも行った。大理石の立
> 派な建物で，印刷された最初の本から，この頃の本ま
> で，たくさんそろっている。本を借りたかったけれど，
> ニューヨークに住んでいなければ借り出せないそうだ。
> わたしたちは，まだ，どこに住むことになるかわかって
> いないので，貸し出してもらえなかった。 …『リノット』25頁

　ニューヨークに着いて間もなく，家族で街なかに行ったのだろう。もともと本好きの少女だったが，高校中退後はニューヨーク公共図書館の本をアルファベット順に読んでいった，と書いている。ゴンザロと出版事業を始めたとき，印刷の本を借りてきたのも公共図書館だったろう。

　5番街と42丁目が交差する，まさにマンハッタンの一等地にニューヨーク公共図書館が建てられたのは1895年，リノット＝アナイスが立派な建物と膨大な蔵書に圧倒される20年ほど前のことだ。彼女のような移民をはじめ，高等教育を受ける機会が限られる人々にも知識と学びの場を提供しよう

と，分館も次々に建てられ，現在は地域の分館が88，研究図書館が4，合計92の図書館が，マンハッタン，スタテン島，ブロンクスに散らばっている。実際，マンハッタンを歩いていると，図書館を通り過ぎて数ブロックしたらまた図書館にぶつかる，という

New York　068

こども珍しくない（ちなみにわたしが通ったジェファーソン・マーケット・ライブラリーは，19世紀に裁判所として建てられ，1967年に公共図書館の分館となった）。

ニューヨーク市立図書館，公立図書館という表記もあるが，運営母体は市でも州でもなく，ニューヨーク公共図書館＝アスター・レノックス・ティルディン財団という非営利団体であるため，公共図書館と呼ぶのがふさわしい。

住所 >>> 476 Fifth Avenue, New York, NY
最寄り駅 >>> 地下鉄⑦：5th Avenue

New York no.03
西72丁目，西80丁目，西75丁目のアパート

> 1915年11月15日
> わたしたちの生活に大きな変化が起きた。西72丁目166番地から，西80丁目219番地に引っ越したのだ。3階にある，大して広くはないが，かわいい感じのアパートメントだ。真っ白に塗られた内部は，明るく陽気な感じだ。窓から見える風景は，とうてい詩的とはいえないけれど，ニューヨークでは，そんなことは望めはしない。でも，そばに公園があるし，リヴァーサイド公園も遠くない。……『リノット』55頁

New York 070

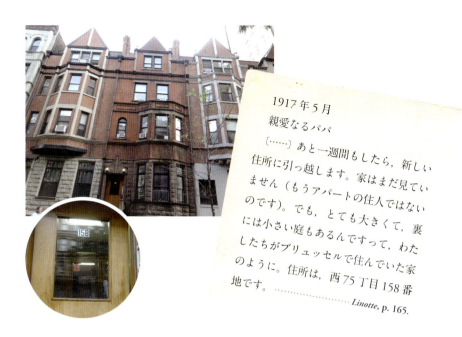

> 1917年5月
> 親愛なるパパ
>
> 〔……〕あと一週間もしたら、新しい住所に引っ越します。家はまだ見ていません（もうアパートの住人ではないのです）。でも、とても大きくて、裏には小さい庭もあるんですって、わたしたちがブリュッセルで住んでいた家のように。住所は、西75丁目158番地です。
> .... *Linotte*, p. 165.

　裕福な親戚がニューヨークやハバナにいるとはいえ、移民の母子家庭の暮らしは安定しなかったのだろう。日記の記述から判断する限り、一家はマンハッタンで3度、クイーンズで2度引っ越している。

　1917年5月、妹たちから借金して赤煉瓦の家を買い、母ローザは下宿屋を始める。下宿人は主に知人や音楽家たちだった。友人のピアニストがこの家でコンサートを開いたこともある。父への手紙ではまだ家を見ていないと言っているが、壁の色も雰囲気も、本書のパリ編で取りあげたブリュッセル郊外、イクルの家と、確かに似かよっている。

　下宿といえば『若草物語』のジョーも、ニューヨークで母の友人が営む下宿屋に身を寄せていたのが思い出される。近代化とともに全米、いや全世界から人が移動してきたニューヨークには、19世紀半ばから20世紀半ばまで、学生、働く独身男性や女性、さまざまな国籍・宗教・職業、果ては菜食主義者御用達の下宿屋まであったという。だが、あまりお金と縁のない音楽家を相手にしたローザの下宿屋は儲からなかったようで、一家は2年後にマンハッタンを離れ、クイーンズに移った。

住所 >>> 166 West 72nd Street; 219 West 80th Street; 158 West 75th Street, New York, NY
最寄り駅 >>> 地下鉄①②③ : 72nd Street

New York no. 04
ワドレイ・ハイスクール

　アナイスはまずカトリック系の学校に通ったが，厳格な校風に馴染めず，転校した公立校では粗雑な雰囲気に耐えかねた。父にこの手紙を書いてから2カ月後，16歳のアナイスは，娘は今後家で勉強させます，という母の一筆とともに，ワドレイ・ハイスクールを中退する。「千年も監獄に閉じ込められていた人が解放されたら，きっとこんな気持ちでしょう」と言って。『若草物語』のエイミーを思わせもするこの退学は，確かに本人の希望だったろうが，三人の子どもを育てるワーキングマザーにとっては，家事手伝いの娘が家にいてくれた方が助かる面もあったろう。

　11歳でアメリカへ渡ったときアナイスは英語ができず，1冊目の日記（『リノット』）はフランス語で書かれた。同級生に英語で何か言わされては，発音がおかしいといって笑われたという。それでも「もうひとつの言葉を学んで『ひとり以上の人間』になるため」英語は猛烈に勉強したようで，「英語に恋をした」とも，渡米して1年後には作文で1等賞をもらったとも書いている。アナイスが批評に耐性がないのは正規の教育を受けていないからだという者もいるが，父にフランス語の手紙をアクセント記号なしで書き，最後にずらりと並べて「適宜おつけください」と言ってのける反優等生ぶりこそ，彼女らしいともいえる。

　ワドレイ・ハイスクールは1902

1919年3月22日
誰よりも親愛なるパパ

〔……〕まず最初にお伝えしたいのですが，わたしは初等教育を終えました。心配で仕方なかった試験にも無事合格して，学校を変わり，ミス・ニンと呼ばれるヤング・レディになりました。いまはワドレイ・ハイスクールに通っています。とても大きな煉瓦造りの建物で，教室も広いし，先生も大勢いらっしゃいます。教科書をたくさんいただきました。フランス語と科学，文学に作文，代数もやらなくちゃいけないし，ほかにもいろいろ勉強します。……………… Linotte, p. 209.

年，ニューヨーク市初の公立女子高校として創立された。ハーレムに位置するが，当時はほぼ白人とユダヤ系の中上流階級が住むエリアだったという。劇作家のリリアン・ヘルマンも卒業生のひとりだ。現在は敷地内にふたつの学校——Wadleigh Secondary School for the Performing and Visual Arts, Frederick Douglas Academy II——が共存している。

住所 >>> 215 West 114th Street, New York, NY
最寄り駅 >>> 地下鉄 BC: 116th Street

New York no. 05
コロンビア大学

アナイス・ニンが利用したであろう旧図書館。現在は事務棟

> 1920年7月22日
> 大好きな,愛しいパパ
> 〔……〕9月になって,神望みたまえば(そんなふうに責任逃れするのって好き),9月になったらね,大好きなパパ,大まじめに,コロンビア大学の聴講生になるつもりなの――語学と文学と哲学の授業をとります。おばかさんのままでいるのはいやだし,そうならないって決めたのです。
> 『アナイス・ニンの日記』17頁

　高校を中退して1年後,アナイスはコロンビア大学の聴講生になる。集団生活や規則に縛られるのは嫌でも,学びたい気持ちはあったのだろう。創立は植民地時代の1754年,全米で5番目に古く,ニューヨーク州で最古の大学に初めて足を踏み入れたときは「建物の偉容に圧倒された」とも,聴講を許されたときは「偉大な大学の門がわたしに向かって開かれた」とも書いている。結局,哲学の授業は「幼なすぎる」という理由で受けさせてもらえなかった。だが作文の先生には「すこぶる優秀」と褒められたという。美しい文体だが,やや古めかしいと言われた,とも。

　幼く見えても早熟な少女にとって,未来の夫の母校でもある全米屈指のエリート校は,確かに学問の自立と自由を教えてくれた。が,期

New York　074

現在の図書館。24時間オープン

待していたような友との出逢いはなく，むしろ以前にも増して孤独を感じる局面もあったようだ。そして半期が終わるころには，「わたしはコロンビア大学で四つの科目を学んだ。作文，文法，フランス語，それに男の子だ。文法とも男の子ともさよならできて，せいせいする」と書きつける。何ごとも，制度内で学ぶより独学を好む人なのだ。ヘンリーがア

ナイスの原稿に大量の朱を入れたかと思うと，「きみの書くものは時として英語ではないけれど，まぎれもなくひとつの言語なのであって，〔……〕これ以外ありえないものに思えてくる」と書き送っていることも思い出される。

住所 >>> Broadway and 116th Street, New York, NY
最寄り駅 >>> 地下鉄①：116th Street

075

New York no. 06
セントラルパーク

『人工の冬』パリ版に収められた「リリス」は，父と娘の特異な愛を描いた自伝的物語だ。暖かいバルセロナからやってきた，やせっぽちで頑丈とはいいがたい少女にとって，ニューヨークの冬はつらい。1873年，大都会のまんなかに人工のオアシスとして作られたセントラルパークも，少女の凍えた心身を暖めてはくれず，それどころか死にたい気分にさせるのだった。

冬のセントラルパークといえば，池が凍ってしまったらアヒルはどこに行くのだろう，というホールデン少年（『キャッチャー・イン・ザ・ライ』）の禅の公案めいた問いも思い出される（21世紀のニューヨーカーは，雪にも負けずジョギングにいそしむのだが）。そういえば，セントラルパーク・ウェスト72丁目のダコタ・ハウスの前で，『キャッチャー』と銃を携えた男にジョン・レノンが殺されたのも冬，12月のことだった。

1945年10月の『日記』には，前衛映画作家マヤ・デレンの『変形された時間での儀礼』撮影のため，「子ども時代の遊び場」だったセントラルパークを訪れた様子が描かれている。

> **住所** >>> 5th Avenue to Central Park West; Central Park South (59th Street) to Central Park North (110th Street)
> **最寄り駅**（ミッドタウンから行く場合）>>> 地下鉄 ABCD, ①: 59th Street/Columbus Circle; NRW: 5th Avenue/59th Street

New York 076

　ニューヨークの寒さに耐えるには、超人的な努力が必要だ。雪のセントラルパークに立ち、鳩に餌をやっていると、死にたい気分になった。毎朝、眼を覚ますと雪や霜が待っているかと思うと、ぞっとした。学校は眼と鼻の先にあったのに、家を出る勇気がない。母は黒人の管理人に、わたしを学校まで引きずっていくよう、頼み込むはめになった。「かわいそうになぁ」と彼はよく言ったものだ。「あんたは南の方に住まにゃぁ」そうしてウールの手袋を貸してくれて、暖かくなるようにと、わたしの手をぱちぱち叩くのだった。

「リリス」『人工の冬』136-37頁

New York no. 07
サヴォイ・ボールルーム

1934年11月
ハーレム。サヴォイ。音楽が床を揺らす。巨大な店，クリーミィな酒，仄暗い照明，はじける陽気さ。黒人たちは酔い痴れたように踊る。フロアに立つと，リズムが誰をも解き放つ。
　ランクは踊れないと言った。「新しい世界，新しい世界だ」とつぶやき，驚きと戸惑いを隠せない。踊れないとは，思いもよらなかった。まじめ一方の人生を送ってきて，踊ることもできないなんて。「一緒に踊りましょう」とわたしは言った。初め，彼はぎこちなく，躓いたり，混乱してふらふらしたりしていた。でも最初のダンスが終わるころには，われを忘れて踊り始めた。〔……〕わたしは本当は，のびやかにエレガントに踊る黒人たちと踊りたかった。でも，わたしの感情を自由にしてくれたランクに，今度はわたしから，からだを動かす自由を発見するよろこびをあげたい，と思ったのだ。快楽と音楽と忘我を，彼がくれたすべての御礼として。……………『アナイス・ニンの日記』329頁

　活動の拠点をニューヨークに移したランクに請われて，アナイスはパリでの暮らしを一時中断し，ニューヨークへ渡る。昼間は助手兼見習い分析医兼翻訳者として彼を支え，夜になるとハーレムに繰り出しては，踊れないというランクに，ジャズのビートに身をまかせるすべを教えた。なぜそこまでするのかといえば，「新しい人生を歩むのを助けてくれたのは，ランクだから」だという。関係が深まるにつれ，ランクのアナイスへの依存と支配が強まり，アナイスが身を退く──それも彼女の定型ではある。だが，彼女がランクへの尊敬と感謝の念を失うことはなかった。1940年2月，ランクが前年すでに亡くなっていたと知ったアナイスは，「わたしは充分に見，充分に聞き，充分に観察し，充分に愛しただろうか」と自問する。自分の最大の才能は関係を築くことにあるとも，「書くことはもう一度愛すること」だとも言ったアナイスの才能とは，そのように愛し，そのように書くことにあった

のだろう。

　1926年，ハーレムのレノックス・アヴェニューに開店したサヴォイ・ボールルームは，スタンダード・ナンバー「サヴォイでストンプ」にも歌われ，絶大な人気を誇ったが，集合住宅建設のため1958年に取り壊され，いまはサヴォイ公園にプレートだけが残っている。

住所 >>> 596 Lenox Avenue between 140th and 141st Streets, New York, NY
最寄り駅 >>> 地下鉄③：145th Street

New York *no. 08*
ヘンリー・ミラーの家

1935 年 1 月
ヘンリーと，彼が少年時代に遊んだ「若きかなしみの街」へ行った。
雪の夜のブルックリン。小さな赤煉瓦の家並みが，ドイツの小さい町を
思わせる。ヘンリーが通った学校。彼の部屋の窓，何の飾りもなく，た
だ古いブラインドがついている。『黒い春』に描かれた鋳物工場。フェ
リー乗り場への道，彼が母と歩いた道だ。母は毛皮のマフをしていた。
冷たい手を暖かい毛皮に滑り込ませる心地よさを，彼は決して忘れな
かった。彼の話から察するに，おそらくそれは彼が母からもらった唯一
のぬくもりだったのだろう。雪と寒さから身を守るのに，人のぬくもり
ではなく動物の毛皮とは。いま，そうした場所や記憶をまのあたりにす
るのは，とても不思議な気分だった――ルヴシエンスで，わたしの関心
というぬくもりのなか，生命を宿し，『黒い春』の詩情となって結実し
た，それらの場所や記憶を。……………………『アナイス・ニンの日記』330 頁

　アナイスを追って，今度はヘンリーがパリからニューヨークへやってきた。

　36 年にオベリスク・プレスから出版される『黒い春』――「アナイス・ニンに」捧げられた，パリとニューヨークの本――のなかで，「若きかなしみの街」と呼ばれるブルックリンのブシュウィック地区を，ふたりは歩く。

　ヘンリー・ミラーは 1891 年，ドイツ系両親の長男としてマンハッタンで生まれたが，一家はほどなくブルックリンのウィリアムズバーグに引っ越す。ヘンリーにとって，幼年期を過ご

したその地の記憶は幸福感に満ちたものだったようだ（「ぼくが育った 14 区がぼくの祖国だ」と『黒い春』は書き出されるが，ウィリアムズバーグがかつてブルックリンの 14 区にあり，ヴィラ・スーラやオテル・サントラルがパリの 14 区にあるのも，不思議な一致ではある）。だが，8 歳の冬に引っ越したブシュウィックの家は，思春期の鬱屈や家庭内の抑圧と分かちがたく結びついていた。ここで敬愛する祖父が死に，妹の知的障害が打ち消しがたい事実となり，母からヘンリーへの精

New York 080

神的・物理的暴力は加速していった。

　ブシュウィックの家があった場所にいまは学校が建ち，何の特徴もない景観を見せている。ウィリアムズバーグの家は，2007年，ニューヨーク市史跡保存委員会が買いあげ，「ヘンリー・ミラーの家」として公開すると報じられたが，わたしが訪れたとき，文学館の気配はなかった。

　ハート・クレインが謳った橋の建設（1883年）を一つの結節点として，ブルックリンの歴史は多様な移民の流入により形成されてきたが，近年は地価の高いマンハッタンを逃れてアーティストが移り住み，次のチェルシーとも呼ばれている。

住所 >>> 662 Driggs Avenue, Brooklyn, NY
最寄り駅 >>> 地下鉄 L: Bedford Avenue

081

New York no. 09
パッチン・プレイス

バーンズが住んだ5番地は通りの右側

> 1937年8月
> 親愛なるジューナ・バーンズ
> あなたの作品『夜の森』の偉大なる深い美について、申し上げずにはいられません。とりわけ後半には深く心を動かされ、お手紙を書くのがこわいほどでした。〔……〕読みながら感じたのは、彼女は知りすぎている、見えすぎている、耐えられない、ということでした。耐えられませんでした。忘れられませんでした。あの言葉、認識、美、悲劇性、深みに触れる透明な力……女について、そして愛しあう女たちについて、わたしがこれまでに読んだ、最も美しい作品です。………『アナイス・ニンの日記』350-51頁

いまも使われる19世紀の街灯

　T・S・エリオットが序文を寄せた、モダニズム文学の特異な傑作、『夜の森』のジューナ・バーンズに宛てた手紙は、ファンレターというにはあまりに熱烈で、ラヴレターを思わせる。だが、この恋は片想いに終わった。バーンズから返事がくることはなく、思うところあったのか、アナイスは読者からの手紙には必ず返事を書いたという。
　アナイス・ニンの第一小説集『人工の冬』の冒頭を飾るのは「ジュー

ナ」という作品であり，彼女はその後も同じ名前のヒロインをくり返し描いた（それがまたバーンズはお気に召さなかったらしい）。読み直されるべき詩的散文の書き手として，アンナ・カヴァンらとともにバーンズの名を折に触れ挙げてもいる。私見では，バーンズのニン嫌いは三島の太宰嫌いに似た同族嫌悪に思えるし，つれなくされてもリスペクトを忘れなかったアナイスは，案外フェアな心のもち主だったのではないか。

1940年から82年に亡くなるまで，バーンズが暮らしたグリニッチ・ヴィレッジのパッチン・プレイスは，芸術家に愛された小径という点で，ヴィラ・スーラやマクドゥガル・アレーを思わせる。やはりパッチン・プレイスの住人だった詩人のE・E・カミングズは，隠遁癖を深めた晩年のバーンズを案じ，「まだ生きてるか，ジューナ？」と窓から声をかけたという。すぐ近くに，バーンズが贔屓にしたアメリカ最古の調剤薬局C・O・ビグロウがあり，6番街を挟んでそのはす向かいには，ジェファーソン・マーケット・ライブラリーの美しい建物が見える。

住所 >>> 5 Patchin Place, New York, NY
最寄り駅 >>> 地下鉄 FML: 14th Street/6th Avenue

C・O・ビグロウの店猫，アレグラ

New York *no. 10*
ゴサム・ブック・マート

1939年　冬

　人生へのカムバックを果たすため，超人的な努力を払う。（ゴサム・ブック・マートの）フランシス・ステロフを訪ねた。わたしたちにとって，シルヴィア・ビーチがパリで果たしたのと同じ役割を果たしてくれた人だ。わたしたちのために尽力してくれた彼女が，優しく温かい笑顔で迎えてくれる。本に囲まれて忙しそうだが，彼女の自慢は本からたくさん学ぶことというより，本を愛する心だ。何時間も立ち読みする人も歓迎するし，無名の雑誌，無名の詩人も歓迎する。ジェイムズ・ジョイス協会は彼女の店で会合を開く。1時くらいになると，本の出版を祝うティー・パーティーが開かれる。店にはたくさんの写真が飾られている。ヴァージニア・ウルフ，ジェイムズ・ジョイス，ホイットマン，ドライサー，ヘミングウェイ，オニール，D・H・ロレンス，エズラ・パウンド。 ………………………………『アナイス・ニンの日記』361頁

　第二次世界大戦が近づいたとき，アナイスは『近親相姦の家』をゴサム・ブック・マートにまとめて送っているし，ニューヨークへ移ってからも，印刷機の購入やら出版やらで，何かと世話になっている。わたしの手もとに，アナイスがニューヨークでゴンザロ・モレと作った『人工の冬』があるが，中にゴサムの注文票が挟み込まれていて，普及版3ドル，デラックス版5ドル，とある。こうしたもろもろは，1966年に出版された『日記』が「80歳にしてわたしを解放してくれた」とステロフが語る遙か以前のことだ。

　1920年の開店以来，ニューヨークにおけるシェイクスピア・アンド・カンパニーの役割を果たしたゴサム・ブック・マートは，幾度か場所を移りながら，1989年にステロフが101歳で亡くなったあとも愛され続けたが，

New York 084

フランシス・ステロフ

2007年に惜しまれつつ閉店，アナイス・ニンの個人蔵書を含むコレクションは，ペンシルヴェニア大学に寄贈された。

シェイクスピア・アンド・カンパニーもそうだが，ゴサムにも代々店猫がいて，作家の名前がつけられてきた。2002年にわたしが訪れたときお目にかかったのは最後の代のピンチョンで，大きな茶虎猫だった。「ピンチョンは大男だから，この子も大きくなったのさ」と聞かされた。

下にあげたのは，最も長く店を構えていた「ダイアモンド街（デイストリクト）」にある住所で，いまは1階に宝石商が入った雑居ビルになっている。

住所 >>> 41 West 47th Street, New York, NY
最寄り駅 >>> 地下鉄 BDFM: 47-50 Streets/Rockefeller Center

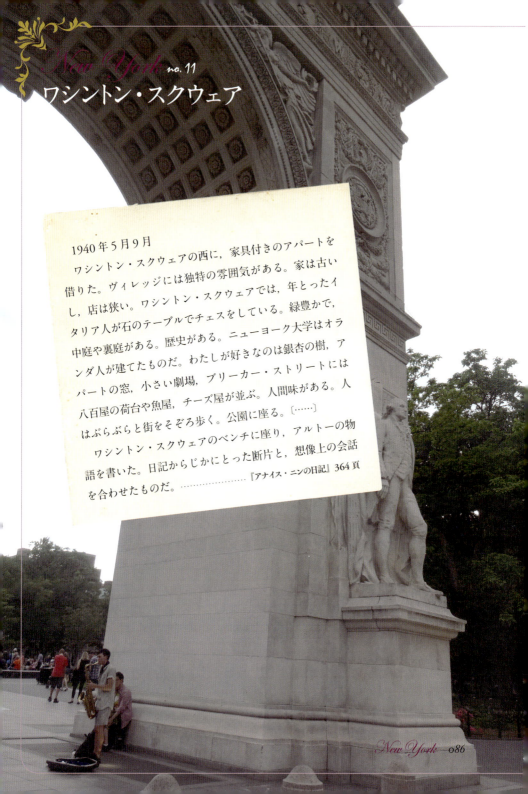

ワシントン・スクウェア

New York no. 11

1940年5月9日
　ワシントン・スクウェアの西に，家具付きのアパートを借りた。ヴィレッジには独特の雰囲気がある。家は古いし，店は狭い。ワシントン・スクウェアでは，年とったイタリア人が石のテーブルでチェスをしている。緑豊かで，中庭や裏庭がある。歴史がある。ニューヨーク大学はオランダ人が建てたものだ。わたしが好きなのは銀杏の樹，アパートの窓，小さい劇場，ブリーカー・ストリートには八百屋の荷台や魚屋，チーズ屋が並ぶ。人間味がある。人はぶらぶらと街をそぞろ歩く。公園に座る。〔……〕
　ワシントン・スクウェアのベンチに座り，アルトーの物語を書いた。日記からじかにとった断片と，想像上の会話を合わせたものだ。………………『アナイス・ニンの日記』364頁

グリニッチ・ヴィレッジは，ニューヨークのなかでもヨーロッパの街並みを思わせる景観が広がり，パリ左岸の雰囲気もあるから，アナイスが好きだというのはよくわかる。彼女が移り住んだころは，芸術家村の雰囲気も色濃く残っていただろう。この地域一帯が国家歴史登録材に指定されており，建物や街並みはアナイスが見ていたものとあまり変わらないかもしれない。ただ，八百屋の荷台や魚屋，チーズ屋が並び，人間味があって好きだとアナイスが書いたブリーカー・ストリートは，ブランドが軒を連ねるファッション・ストリートに変貌しているし，ワシントン・スクウェアでチェスをしているのは観光客相手の商売人だ。それでも，ワシントン・スクウェアのベンチに座り，アルトーを想いつつ「あるシュルレアリストの肖像」を書いたアナイスに想いを馳せることはできる。

パリからニューヨークに戻ったアナイスが最初に腰を落ち着けたのがワシントン・スクエア・ウェストなら，最後に暮らしたのは，ワシントン・スクウェアとニューヨーク大学の南に位置する集合住宅群，ワシントン・スクウェア・ヴィレッジだ。晩年の彼女とニューヨークで親交があった人々の証言によると，ニューヨーク大学がここを買い上げた1964年に引っ越しているようだが，編集版の『日記』にその記述はない。夫が住むニューヨークのアパートと，若きパートナーが建てたロサンジェルスはシルヴァー・レイクの家，東海岸と西海岸を往還する暮らしの，一方の拠点になった。

住所 >>> Washington Square East to Washington Square West; Washington Square South to Waverly Place
最寄り駅 >>> 地下鉄 ACE, BDFM: West 4th Street

New York no. 12
西13丁目のアパート

1940年9月
　あちこち探し回って，ようやく手頃なアパートを見つけた。月60ドル，天窓つきの部屋，西13丁目215番地の最上階だ。階段を五つ上る。広々した天井の高い部屋で，天井の半分はそのまま斜めに傾いだ天窓になり，窓は全部で12ある。キッチンは狭くて，コンロと冷蔵庫がやっと入るくらい。小さいバスルーム。ドアを開けるとすぐ，3，4メートル四方のベランダがあり，裏庭と工場の裏が眼に飛び込んでくる。でも，風があるときはハドソン河の香りがする。……『アナイス・ニンの日記』364頁

ワシントン・スクウェア・ウェストのアパートで暮らし始めて数カ月後，ニン／ガイラー夫妻は西13丁目に引っ越す。それは偶然にも，2015年3月，パリからニューヨークへ移動したわたしが暮らした女性用レジデンス（シルヴィア・プラスが『ベルジャー』で描いたようなものの数少ない生き残り）から5分とかからない場所にあった。さらに，同じ通りを東に15分ほど行くと，アナイスがゴンザロと構えた印刷所だった建物が「メゾン・デュ・クロックムッシュ」なるカフェに姿を変えて残っていた。偶然の重なりに驚いたが，同宿のポルトガル出身の女性，ジュリエタ・ロドリゲスには「世の中に偶然というものはないのよ，ユーコ」と示唆された。ジュリエタはコロンビア大学でマーガレット・ミードに師事して博士号を取得，いまはマンハッタンにアパートを構え，小説を書いている。そういえば，映画『ヘンリー＆ジューン』でアナイス役を演じた女優，マリア・デ・メディロスは彼女の親友の娘さんだとか。

　ニューヨーク滞在中，このアパートの前は頻繁に通り過ぎた。あるとき，トルーマン・カポーティやゴア・ヴィダル，リチャード・ライトも訪ねたという天窓つきの部屋を見てみたい衝動に駆られ，たまたま出てきた人に「1番上の階にどんな人が住んでるか御存じですか？」と訊いてみたが，無論，当惑した表情を返されるばかりだった。振り向くとアパートの向かいに，LGBTコミュニティセンターのレインボウ・フラッグがはためいていた。

住所 >>> 215 West 13th Street, New York, NY
最寄り駅 >>> 地下鉄 BDFM: 14th Street

New York no. 13
マクドゥガル・アレー

1941年4月
ノグチの美しさに打たれた。日本人のからだ，すっきりと整い，背筋が伸びている。だが不意を突く緑の瞳，曖昧な微笑，ことを明らかにしない語り口，とらえどころのない言葉は，あとかたもなく溶けて消える。きれいな小作りの鼻と優しい口もとはあるメッセージを伝え，現代美術家は別のメッセージを告げる。スコットランドの血が混じっているとは，そのときは知らなかった。彼は日本の詩人の息子だ。わたしには日本的な繊細さが見てとれるが，それは隠れている。マクドゥガル・アレーの美しい家のひとつに，彼は住んでいる。ニューヨークに残る数少ない貴重な通りのひとつで，2階から3階建ての似たような造りの家が並び，ヨーロッパの村を思わせる。車は乗り入れられない。角かどに古い角灯〔ランタン〕が灯っている。緑が多く，おもしろい古風な形の窓があり，外国のような雰囲気がある。……『アナイス・ニンの日記』372-73頁

　アナイスが「ニューヨークの最も美しい通りのひとつ」と呼んだマクドゥガル・アレーは，ワシントン・スクェア・ノースと西8丁目のあいだにある小径だ。もとは19世紀，周辺の住宅の厩（うまや）として建てられたが，20世紀初頭，富裕な女性彫刻家，ガートルード・ヴァンダーヴォルト・ホィットニーがスタジオとして使い始めたこ

とから，若い芸術家が集うようになった。1930年，彼女のコレクションを一般に公開したのが，ホィットニー美術館の始まりである。
　この小径の住人だったアーティストのひとりがイサム・ノグチだ。ノグチがマクドゥガル・アレー33番地にスタジオを構えたのは，第二次大戦中，日系人強制収容所の処遇改善を求めて

New York 090

志願勾留され，出所後，山口淑子との婚約のためニューヨークを去るまでの8年ほどだが，彼はここをオアシスと呼ぶほど愛した。美しい女もまたこよなく愛したノグチは，アナイスとも一時親密な関係にあったようだ。

通りの奥にあったノグチのスタジオは取り壊され，残っていない。現在マクドゥガル・アレーには個人住宅と美術学校（New York Studio School of Drawing, Painting & Sculpture）があり，施錠されていて外部の者は通れない。美術学校の催しに参加するか，ツアーを申し込むと，この歴史的な小径を内側から眺めることができる。

住所 >>> MacDougal Alley, New York, NY
最寄り駅 >>> 地下鉄 NQRW: 8th Street

New York no. 14
第一ジーモア・プレス

> 1941年12月
> 何日も屋根裏部屋を探して歩いた。そんなある午後の終わり、ワシントン・スクウェアの不動産屋を訪ねた。連れていかれたのはマクドゥガル・ストリート、プロヴィンスタウン・シアターの向かいにある古い家だ。玄関の階段を上り、さらに3階上ると、一番上の階にたどりつく。不動産屋がドアを開けた途端、ここだ、と思った。天窓のある部屋で、印刷の仕事に最適だ。屋根裏部屋の天井は、マクドゥガル・ストリートに面した窓に向かって斜めに下りてくる。古くて、傾いていて、材木そのままの床に黒いペンキが塗られ、壁は黄色。本当に小さいキチネットがついている。何もかも少し傾いでいて、雰囲気があって、ハウスボートみたい。暖炉もある。前の借り手が机とソファを置いていった。月35ドル。即決した。ゴンザロはご機嫌だった。ハウスボートみたいだ！ ………『アナイス・ニンの日記』389-90頁

　アナイス・ニンが印刷・出版の事業に乗りだしたのは、彼女の作品を受け入れてくれる出版社が見つからなかったからで、それはガートルード・スタインやヴァージニア・ウルフも試みたことだ。ルヴシエンヌでもヘンリーやダレルと、自分たちのプレスをもてたら、という夢を語っていた。ニューヨークでこの仕事の相棒になったのが、パリでハウスボートを逢瀬の場所としていたペルー人の恋人、ゴンザロ・モレだ。富裕な大地主の家に生まれ、ダンサーのエルバと結婚、パリで反ファシズムをうたう共産主義の活動

New York　092

家としてアナイスと出逢った。『日記』には、ゴンザロがキューバの作家カルペンティエールのパーティーに連れていってくれた、という記述もあり、スペイン語圏の著名人との交友も広かったようだ。

が、要するにこの男は「お坊ちゃん左翼」で、駄目男の典型だった。ゴンザロにできて、興味のもてる仕事を探してたどりついたのが印刷で、それが（モレのイニシャルから名づけた）ジーモア・プレスを始めたもうひとつの理由だったが、根気も計画性も経済観念もない彼に続けられる仕事ではなかった。むしろ、図書館から本を借りてきて植字を独学し、髪も爪もインクだらけにしながら、寝食を忘れて印刷の仕事に取り組むアナイスの、働く女性としての姿が印象的だ。『日記』には「個人の世界の創造、自立のための行為——プレスの仕事のような——は怒りと挫折感へのすばらしい癒しになる。出版社から受けた屈辱も、拒絶も無視も、すべて忘れる。あの仕事が好きだ」と書かれている。

プロヴィンスタウン・シアターの向かいの「古い家」があった場所に、いまはニューヨーク大学のロースクールが聳えている。その赤煉瓦の建物を見つめていると、一瞬、「おんぼろだけどハウスボートみたい」なスタジオで、インクだらけになりながら印刷機と格闘するアナイスの姿が浮かび、さらにその向こうに、テュイルリーの岸に彼女が借りたハウスボートが、セーヌの河面に揺れるのを幻視した。

住所 >>> 144 MacDougal Street, New York, NY
最寄り駅 >>> 地下鉄 NQRW: 8th Street

093

New York
第二ジーモア・プレス

1944年4月
ゴンザロは出版事業をよりビジネスらしい一般向けのものにして、作家の私的出版という趣を減らしたがっていたので、それにふさわしい場所を見つける必要があった。ちょうど『ヴィレジャー』誌が東13丁目17番地から引っ越したところだった。小さな2階建ての建物だ。セメントの床の1階部分は、印刷機を置くのにちょうどいい。狭く曲がった階段をのぼると2階で、そこは銅版印刷機を置くのに最適だ。家賃は65ドル、マクドゥガル・ストリートの古い部屋の2倍近くになる。でもゴンザロは、移れば仕事が増えると期待している。........『アナイス・ニンの日記』401頁

アナイスとゴンザロが最初に出した本は、1939年にパリのオベリスク・プレスから出版されながら、戦争の勃発や社主の急死により埋もれてしまった、『人工の冬』の再版である。パリ版とジーモア・プレス版には大きな異動があるが、これは、シルヴィア・ビーチが「海の向こうに存在する抑圧」と呼んだもの（及び作家の内なる抑圧）への自主規制の結果とも考えられる。東13丁目に移ってからは『ガラスの鐘の下で』を出版している。自著以外にも、アナイスの愛する埋もれた作家たちの作品を出したいという希望があったが、プレスがそこまで継続的に発展することはなかった。

この第二のジーモア・プレスは、アナイスの西13丁目のアパートから東へ15分ほど歩いた所にあった。建物の外壁に「アースキン・プレス」の文字が見える。1911年にアースキン家が開いた印刷所の名前が、いまも消えずに残っているのだ。近年は飲食店が何代か入れ替わったようだが、いまは「ラ・メゾン・デュ・クロック・ムッシュ」というカフェが入っている。店内にはアナイスと仲間たちの絵が飾られ、メニューは「クロック・マダム・アナイス・ニン」「クロック・ミスター・ヘンリー・ミラー」などすべてアナイス絡み、オーナーはかなりのニン読みと見た。

住所 >>> 17 East 13th Street, New York, NY
最寄り駅 >>> 地下鉄④⑤⑥, LNQR: 14th Street/Union Square

New York no. 16
ホワイト・ホース・タヴァーン

　パリほどでないにせよ，ニューヨーク，ことにグリニッチ・ヴィレッジあたりには，カフェ文化がある。なかでも1880年創業のホワイト・ホースは，1950年代にディラン・トマスやジャック・ケルアックが通いつめて，文学カフェとしてその名を高めた。ケルアックは何度も出入り禁止をくらったとか，トマスはここで深酒して数日後にチェルシー・ホテルで死んだとか，逸話にもこと欠かない。まさにその同時代に書かれた『日記』から伝わってくるのは，それが外国人や労働者，そして労働者としての芸術家といった市井の人々が集う場であり，そこで繰り広げられる自由闊達でいきいきした語りあい，ふれあいを，アナイスが当事者として生きていたということだ。

　パリのカフェを作ったのは中央山岳地帯オーヴェルニュ地方の出身者だというが，ニューヨークのカフェやバーは，イタリアやアイルランドからの移民が作ったといえる。周縁ないし外部から都市にやってきた者たちが，世界に対して開かれた空間を提供する――ホワイト・ホースがもとは長距離航路

New York　096

1954-55年 冬

昨夜は霧雨が降るなか，ホワイト・ホースまで歩いていった。わたしの大好きなカフェ。すべて木造りで，古めかしい鏡，巨大なジョッキ，輸入物のメイ・ワインが置いてある。老いたバーテンダーはかつてスコットランドの鉱山で働いていて，爆発にあったことがあるという。ミュンヘンの写真が飾られている。ディラン・トマスを始め，多くの芸術家たちに愛されてきた。作業着姿の労働者に連れられた大きなプードルは，あどけなくもかなしげな瞳で，酒を呑む主人を見つめている。ペンキ屋の服を着たアーティスト。頬髭，口髭，コーデュロイのズボン，兵士，黒人のジャズ・ミュージシャン，中国の版画から抜け出してきたような中国人の少女。早口のマシンガン・トーク。千の矢が飛びかうように，歯に衣を着せず，思ったまま言いあう。〔……〕気分が高揚するのは，即興の自由があるからだし，わたしたちがおたがいを裁こうとしないからだ。〔……〕そして翌日は，ジャズを聴いたあとのように，宿酔もなければ，前言取り消しや検閲もなく，何を気に病むこともない。……………………… *The Diary of Anaïs Nin*, vol. 5, p. 215.

チェルシー・ホテルは 2019 年末の新装オープンに向け改装中

の船員御用達のバーであり，アナイスが時にカフェを船の比喩で語ることが示唆するように，それは都市という河ないし海に浮かぶもうひとつの筏，あるいは，都市のなかに野生や混沌が宿る場だったのかもしれない。

メイ・ワインは，ワインに香草を入れて香りを楽しむ春（メイ・デイ）の飲み物である。

住所 ≫≫ 567 Hudson Street, New York, NY
最寄り駅 ≫≫ 地下鉄 ACEL: 14th Street/8 Avenue

ブルックリン美術館

> 1971-72年　冬
> 　初めてジュディ・シカゴに会ったとき，その正直さ，率直さ，大胆さに打たれた。どうぞ会いにいらしてください，と伝えた。ふたりでプールサイドに座り，足を冷やした。彼女はわたしに，もろく傷つきやすい面を見せてくれた。ペルソナは一瞬にして剥がれ落ちた。暖かく，すばらしい友情がはぐくまれた。考え方はちがっても，それはおたがいのためになる，有益な差異だった。わたしは彼女が大好きになった。ものを書くことを勧めた。……『アナイス・ニンの日記』511頁

「わたしは男のための女だ」というアナイス・ニンの言葉は、自分は母になるべくして作られた女ではない、という文脈で語られたものだが、「男好きの女」という意味で一人歩きして、誤解を生み、アナイス・ニンをめぐるステレオタイプともなった。アナイスにとってヘンリーよりジューンの方が運命的な恋人であった可能性については述べたし、ジューナ・バーンズに情熱的なリスペクトを捧げ続けたことも確認した。では、年下の女たちとの関係はどのようなものだったのだろう。

アナイスが「わたしのラディカルな娘」と呼んだジュディ・シカゴは、79歳のいまも旺盛な活動を続ける、フェミニズム・アートの先駆者だ。2018年、『タイム』誌により「世界で最も影響力のある百人」にも選ばれた。アナイスのエロティカからのフレーズに大胆なイラストを添えた Fragments from the Delta of Venus の序文でシカゴは、初めてシルヴァー・レイクの家を訪ね、アナイスが手ずからオレンジを絞ってくれたときの感激、美術家だった自分をもの書きにしてくれたことへの感謝、悪意に満ちた不当(かつ私見ではナイーヴ)な批判をアナイスに浴びせる者たちへの怒りを綴り、「アナイスは人間として自己を主張する勇気をもち、彼女がそうあるべき女性ではなく、あらゆる欠点も含めて、彼女がそうあった女性の肖像をわたしたちに残してくれた。そんなアナイスに、ブラヴォ、とわたしは言いたい」と述べる。それは、アナイスという文学的な母の励ましから生まれたシカゴの自伝『花もつ女』にアナイスが寄せた序文への、娘からの応答だろう。

アマゾンのような神話上の存在から、古代ギリシャの詩人サッフォー、アナイスやバーンズの名も刻まれた、数千年に及ぶ女性の歴史へのオマージュというべきシカゴの代表作「ディナー・パーティー」は、ブルックリン美術館に収められている。

住所 >>> 200 Eastern Parkway Brooklyn, NY
最寄り駅 >>> 地下鉄②③: Eastern Parkway/Brooklyn Museum

Paris

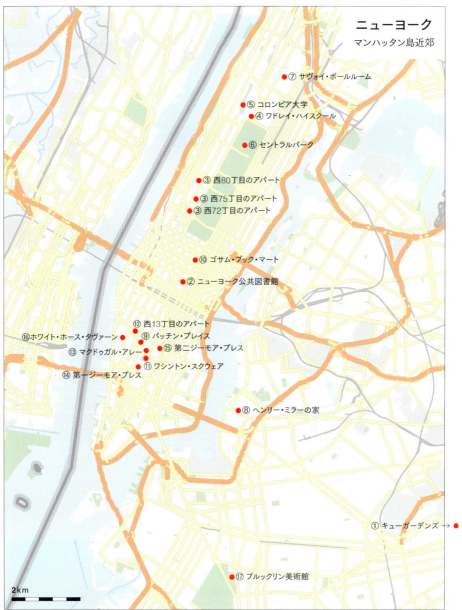

あとがき——Paris and New York Changing

　2014 年の夏から 1 年間の在外研修を得たわたしは，アナイス・ニンの主著である日記を翻訳しながら，彼女と縁の深いパリとニューヨークで半年ずつ過ごすという幸運に恵まれた。生前に出版が始まり，いま研究者が編集版と呼ぶ『アナイス・ニンの日記』全 7 巻と，少女から若妻の時代をカバーする『初期の日記』3 巻，計 10 巻を 1 巻にまとめるという，楽しくも骨の折れる仕事だった（現在まで 6 巻出ている『無削除版日記』と合わせて，アナイス・ニンの日記は 3 シリーズ刊行されている）。

　ヨーロッパとアメリカを代表する魅力的なふたつの街で過ごした日々，少し気を張ってゆかりの地に出かけるときはもちろん，図書館に通うにも，近くの公園まで散歩するにも，デジタルカメラを片手にぶら下げていた。気づけば 1 年で二千枚近く撮影したことになる。帰国したら本を出そう，などと大それたことを考えていたわけでは，無論ない。何の当てもなく，といって，呼吸するようにまばたきするように，などというのも気恥ずかしいのだけれど。

　パリに着いて，メトロで最初に眼に飛び込んできたのは『パリ，テキサス』のポスターだった。サム・シェパード脚本，ヴィム・ヴェンダース監督の映画で，かつて論考を書いたこともある，思い出深い作品だ。その半年後，ニューヨークに着いた翌日，MoMA（ニューヨーク近代美術館）でヴェンダース回顧展が始まり，本人が登壇したシンポジウムも含め，何度か通った。帰国後，在外研修の成果として『アナイス・ニンの日記』を翻訳出版した 2017 年，シェパードが亡くなった。大学時代，黒川欣映先生のゼミで親しんだ劇作家の死は，アメリカ演劇にとってもわたし自身にとっても，ある時代の終わりを実感させた。そしてふと，アナイスを追いかけながら，節目節目にシェパードを想うことにもなった日々に撮りためた写真を，柄にもなくインスタグラムに上げ始めた（@chatebleue）。2 年後の夏から 3 年後の夏まで，ちょうど 1 年かけて。そうしながらまたふと，これを本にできないかしら，と思ったのだった。アナイスゆかりの地の写真と，彼女の作品からの引用に，解説を添えて。

　ヘミングウェイのパリをたどる本なら，今村楯夫先生のものを含め，日本語でも英語でも複数出版されている（なんといってもノーベル文学賞作家だから）。一方，ニューヨークの文学者といえば，メルヴィル，ポー，ホイットマン……現代ならサリンジャー，オースター，女性だったらウォートン，ハーストン……。「アナイス・ニンのパリ，ニューヨーク」と銘打って，素人のスナップ写真を本にするとは大胆不敵，いやしくも研究者の端くれとして，初の単著がフォトブックとはこれいかに，とつぶやく声が聞こえる。けれど，アナイスをアリアドネの糸にしたからこそたどりついた小径があり，迷い込んだ袋小路があるのだから，もしかしたら，ユニークで小粋なガイドブック——アナイス・ニンという作家と，彼女が暮らし，愛したふたつの街への——ができるかもしれない，と囁く声もした。

　本書にインスピレーションを与えてくれた本のひとつに，クリストファー・ラウシェンバーグの写真集『変わりゆくパリ（*Paris Changing*）』がある。フランスを代表する

102

写真家，ウジェーヌ・アジェが世紀転換期のパリを記録した写真と，ほぼ1世紀後の20世紀末，ラウシェンバーグが同じ場所を同じアングルで撮った写真を並べたもので，タイトル通り移ろいゆく街と，アナイスの言うパリの永遠性が同時に焼きつけられている（かくいうわたしも，国際大学都市に残る城塞の遺構で同じことを試みた）。

　今回めぐったアナイス・ニンゆかりの地の大半は，1世紀前後の時を経ても，そのままの姿で残っていた。それは日本の都市ではおよそ考えられないことだ。一方，アナイスが印刷のオフィスにしていたアパートを訪ねたら，ニューヨーク大学のりっぱな校舎が聳えていて，その前で呆然と立ち尽くしたこともある。ことに2018年夏，出版前の最後の取材で二都を訪れたときは，複雑な想いが胸を去来した。グリニッチ・ヴィレッジのジェファーソン・マーケット・ライブラリーでは，地価高騰の波にさらわれるように消えゆく家族経営の店を捉えた写真展「店舗の前線──消えゆくニューヨークの顔」が開かれ，それを証するかのように，「8月31日閉店」「廃業します」という張り紙をいくつも見た。片やパリでは，2024年のオリンピックに向け早くも準備が始まったのか，メトロやRERの椅子が新調されていたり，モンマルトルあたりの駅には風景画が描かれていたり，その小綺麗な感じが，なぜかむしろさびしい気持ちにさせるのだった。はたまたスクリブ通り11番地のビルから「アメリカン・エクスプレス」の看板が下ろされていて，致し方ないことながら衝撃を受けたり，アナイスとボーヴォワールが時を隔てて住んだアパルトマンからボーヴォワールのプレートが外されていて，理不尽な想いにとらわれたりもした。

　ヘンリー・ミラーは『エミールへの手紙』でパリについて「ここパリでは，道に迷うこともまた，とびきりの冒険だ。街は歌い，石は語る」と書いた。1年でスニーカーから両の小指が顔を出すほど歩き回ったわたしは，いま再び，書物のなかの街をめぐり，内面の都市に迷い込みたい，と思い始めている。

　本書はトピックが多岐にわたるため，さまざまな専門分野の方の教えを請うことが多かった。以下，敬称略で名前を記して，心からのお礼を申しあげたい。舌津智之。寺尾仁。西村友樹雄。松井泰子。松浦菜美子。松田憲次郎。村尾静二。

　水声社の飛田陽子さんには『アナイス・ニンの日記』に続き，デザイナーの滝澤和子さんには『人工の冬』『アナイス・ニンの日記』に続いてお世話になった。頼もしいふたりの産婆役を得て，すてきな本に仕上がったことをうれしく思う。ありがとうございました。

　　2018年　師走　　　　　　　　　　　　　　　　　　　　　　矢口裕子

＊アナイス・ニンの未訳作品，あるいは，翻訳されていない箇所からの引用は，作品名を原語で記した。
＊翻訳がある作品からの引用は既訳を参照し，文脈に応じて修正を加えた。
＊本書出版にあたっては，新潟国際情報大学国際学部の出版助成を受けた。

著者紹介

矢口裕子（やぐち・ゆうこ）

東京に生まれる。法政大学大学院人文科学研究科英文学専攻博士課程満期退学。現在，新潟国際情報大学国際学部教授。専攻，アメリカ文学。主な著書に，『憑依する過去――アジア系アメリカ文学におけるトラウマ・記憶・再生』（共著，金星堂，2014年），『作家ガイド アナイス・ニン』（共著，彩流社，2018年），主な訳書にアナイス・ニン『人工の冬』（2009年），『アナイス・ニンの日記』（2017年，ともに水声社）などがある。

アナイス・ニンのパリ，ニューヨーク
旅した，恋した，書いた

2018年12月20日第1版第1刷印刷　2019年1月15日第1版第1刷発行

著者	矢口裕子
発行者	鈴木宏
発行所	株式会社 水声社
	東京都文京区小石川2-7-5
	郵便番号 112-0002
	電話 03-3818-6040　FAX 03-3818-2437
	［編集部］横浜市港北区新吉田東1-77-17
	郵便番号 223-0058
	電話 345-717-5356　FAX 045-717-5357
	郵便振替 00180-4-654100
	URL http://www.suiseisha.net
組版・装幀	滝澤和子
印刷・製本	ディグ

ISBN 978-4-8010-0382-8
乱丁・落丁本はお取り替えいたします。